너는 되고
나는 안 되는
동성애

너는 되고 나는 안 되는 동성애

초판 1쇄 인쇄 _ 2020년 6월 20일
초판 1쇄 발행 _ 2020년 6월 30일

지은이 _ 김학민

펴낸곳 _ 바이북스
펴낸이 _ 윤옥초
책임 편집 _ 김태윤
책임 디자인 _ 이민영

ISBN _ 979-11-5877-170-6 03810

등록 _ 2005. 7. 12 | 제 313-2005-000148호

서울시 영등포구 선유로49길 23 아이에스비즈타워2차 1005호
편집 02)333-0812 | **마케팅** 02)333-9918 | **팩스** 02)333-9960
이메일 postmaster@bybooks.co.kr
홈페이지 www.bybooks.co.kr

책값은 뒤표지에 있습니다.
책으로 아름다운 세상을 만듭니다. — 바이북스

미래를 함께 꿈꿀 작가님의 참신한 아이디어나 원고를 기다립니다.
이메일로 접수한 원고는 검토 후 연락드리겠습니다.

소시민의 기독교 고발 에세이

너는 되고
나는 안 되는
동성애

김학민 지음

바이북스
ByBooks

크루아상을 되새기며

크루아상을 좋아한다. 맛보다는 느낌이 좋아서 좋다. 어릴 때는 '크루아상croissant'이란 이름의 뜻을 몰랐다. 서른 무렵에야 프랑스말로 '초승달'이라는 사실을 알았다. 텔레비전을 보고 알게 되었는데, 어떤 프로그램인지는 잊었다.

'네가 초승달이랬지?'

어느 날 크루아상을 눈앞에 두고 그런 질문을 던졌다. 크루아상은 대답이 없었다. 침묵하는 크루아상을 한입 베어 물었다. 살살 씹어 천천히 넘겼다. 이름을 알고 먹으니까 꽉꽉 먹기가 좀 미안했다. 삼키고 나자 엉뚱한 상상이 잠깐 스쳐갔다. 배 속 크루아상이 둥글게 부풀더니 내 몸이 보름달처럼 둥실 떠올랐다. 그때부터 크루아상이 좋아졌다. 크루아상은 왠지 희망적이었다.

우리나라는 크루아상적인가. 희망적인가. 이 질문에 대한 답은 저마다 다를 듯하다. 긍정적인 대답도, 부정적인 대답도 내놓을 것이다. 매사 긍정적이지만은 않은, 그래서 종종 주변의 핀잔을 듣는 나의 대답은 이렇다.

"절망적이지는 않은데, 희망적이라고 말하기에는 조금 부족해."

그 부족함을 기독교가 채워주면 좋겠다. 꼭 그 일에 나서주기를 기독교인으로서 기도한다. 기독교는 그럴 능력이 충분한데도 못하고 있다. 혹시 딴 데 한눈파느라 안 하고 있는 것인지도 모르겠지만.

기독교를 향한 소망을 품고 글을 썼다. 그런데 어쩌다 보니 기독교에게 욕을 실컷 퍼붓고 말았다. 우리나라가 천국과 같이 행복한 나라에 한 걸음이라도 가까워지기를 바라는 마음에 어쩔 수 없이 그랬다. 기독교가 잘한 일은 일부러 숨겼다. 그건 당연히 해야 할 일이다. 생색낼 일도, 공치사 들을 일도 아니다.

다른 종교의 잘못도 밝히지 않았다. 그건 내가 관여할 바가 아니다. 기독교가 손가락질 할 바는 더더욱 아니다. 천주교의 잘못은 천주교도가, 불교의 잘못은 불교도가 꼬집으면 된다. 각자 알아서 할 일이다.

기업, 언론, 정치계의 잘못은 제법 드러냈다. 기독교와 엮인 게 셀 수 없이 많아 도저히 그냥 지나칠 수가 없었다. 그나마 줄이고 줄인 것이다. 줄이지 않으면 내가 지쳐 쓰러질 것 같았다. 다만 정치계에 대해서는 조금, 아니 조금 많이 편향적이다. 보수 정치계를 주로 비판의 도마 위에 올렸다. 역시 이유는 기독교와의 관계다. 기독교는 오랜 세월 보수 정치계와 손잡고 편향적인 삶을 살아왔다. 그들과 함

께 앞만 보고 나아가느라 뒤를, 옆을 돌아보지 않았다. 길을 걷다 문
득 하늘을 바라보듯, 꼭 그만큼만 다른 쪽을 바라보았더라면 기독교
는 별처럼 희망이 되었을지도 모른다.

기독교에게 뱉은 쓴소리는 곧 나를 향한 것이기도 하다. 그래서
아프지만, 더 앓아야 된다. 사경을 헤맬 만큼 앓고 난 뒤에야 개독교
인에서 기독교인으로 다시 태어날 것 같다. 기독교는 나와 함께 앓을
의향이 있는지 궁금하다. 있다고 믿고 싶다. 없다면? 그런 상황은 상
상조차 하기 싫다. 그러나 포기하기도 싫다. 기독교의 변화를 꿈꾸며
쉬지 않고 기도할 것이다. 뾰족한 대책도, 탁월한 능력도 없는 내가
할 수 있는 일은 기도뿐이다.

기독교를 향한 나의 소망을 한 단어로 축약한다면 '기도'다. 지면
에 담은 모든 글은 기도를 요청하는 호소문이다. 다만 기도의 목적과
방향은 사랑이어야만 한다. 예수의 사랑을 실천하는 기도만이 가치
가 있고, 희망을 안긴다. 그것이 어떤 기도인지 기독교인이라면 다들
잘 알 것이다.

마지막으로 기독교에게 잔소리 한마디 더 남긴다.

"더도 말고 덜도 말고 크루아상만 같기를!"

크루아상의 기원을 톺아본다면 정말 기독교는 크루아상 같을 필
요가 있다. 크루아상은 17세기 유럽에서 이슬람 국가인 오스만 제국
지금의 터키과의 전쟁에서 승전한 것을 기념해 만든 빵이라고 한다. 그
시절 오스만 제국 국기에 그려진 초승달 모양을 본떠 만든 빵이 훗날
프랑스에 전해져 지금의 형태로 발전한 것으로 본다. 그러므로 이슬

람권 문화에서는 상처의 빵인 셈이다.

기독교는 이웃의 상처를 보듬고 어루만지는 종교다. 또한 원수도
이웃으로 여기는 종교다.

차례

chapter 1

기독교 기업이 일으킨
대형 참사

2020년 2월 9일까지의 기록

아르바이트생을 훔쳐보다

"와우, 대형 참사다!"

"대박!"

정겹게 한마디 주고받은 여자 알바생들이 아이처럼 깔깔거렸다. 스무 살 남짓한 꽃다운 두 사람을 나는 엉큼한 아저씨처럼 곁눈질했다. 아내와 세 살배기 딸과 마주앉아 있었지만 알바생들에게서 눈길을 거둘 수가 없었다. 내가 사고를 쳤기 때문이다.

우리 가족이 패밀리 레스토랑 애슐리에 들어선 때는 약 5분 전. 나는 여느 때처럼 자리를 잡자마자 딸과 아내를 남겨둔 채 크림수프를 뜨러 음식테이블로 향했다. 크림수프를 좋아하는 딸아이를 위해서였다. 먼저 한 그릇 떠놓으면 다른 음식을 집어오는 사이 먹기 적당한 온도로 식기 때문에 늘 크림수프부터 챙겼다.

크림수프 통에 국자를 깊이 담근 뒤 한 가득 떴다. 서둘러 그릇에 옮겨 담다가 무심코 딸아이에게 눈길을 던졌다. 툭, 국자가 그릇 가

두리에 걸렸다. 이어서 크림수프가 주르르……

냅킨 한두 장으로 쓱 닦을 수 있는 양이 아니었다. 나는 마침 눈에 띈 여자 알바생에게 잰걸음으로 다가갔다.

"저…… 직원분. 제가 수프를 조금 흘렸어요. 아니 많이 흘렸구나, 하하. 정말 죄송합니다."

나는 멋쩍은 웃음과 함께 사과를 건넸다. 다행히 알바생이 밝은 미소를 띠었다.

"괜찮습니다. 제가 가볼게요."

"죄송합니다."

나는 꾸벅 고개 숙여 인사했다. 이번에는 알바생이 살짝 당황하는 표정을 지었다. 그러면서 어정쩡한 목례로 내게 답례했다. 아마도 사십대 꼰대 아저씨의 공손한 태도에 조금 놀란 눈치였다.

스스로를 평가한다는 게 좀 낯간지럽지만, 내 생각에도 퍽 공손했다. 평소 나는 서빙하는 사람들에게 나이가 많든 적든 공손하게 대한다. 본디 겸손이 몸에 배었거나 덕이 넘치는 사람이어서가 아니다. 나도 서빙 아르바이트 경험이 있기 때문이다. 대학 1, 2학년 때 등록금을 벌기 위해 레스토랑 웨이터로 일했기에 서빙의 고충을 잘 알고 있었다. 함부로 대하는 사람이 참 많았고, 나는 무례한 사람이 되기 싫었다.

알바생이 말한 '대형 참사'란 나의 크림수프 테러 사건이었다. 때마침 지나가던 동료가 그 참혹한 현장을 본 것이고, 동료는 그 자리에서 '대박'을 외친 것이다. 그리고 둘은 천연덕스레 웃은 것이다.

낯 뜨거웠지만, 고마웠다. 분명 짜증날 만도 한데, 짜증내도 괜찮은 일인데, 웃음으로 넘어가준 알바생이 고마웠다. 알바생의 행주질에 왠지 내 마음이 뽀드득 닦이는 기분이었다.

아주 조금은 내 덕분이라는 생각도 들었다. 내가 진심으로 건넨 사과가 알바생의 얼굴에 짜증 대신 웃음이 어리게 만들지 않았을까. 나만의 착각이라 손가락질한다 해도 나한테 좋은 쪽으로 생각하고 싶었다. 어릴 적부터 내겐 경미한 왕자병 증세가 있었다.

2014년 여름에서 가을로 넘어가던 무렵이었다. 그 무렵 우리 세 식구는 한 달에 한 번은 꼭 애슐리에 도장을 찍었다. 생후 36개월까지 공짜로 먹을 수 있는 혜택을 누리고 싶어서였다. 12월이면 딸아이가 36개월을 넘어서기에 한 번이라도 더 누리려고 열심히 다녔다.

크림수프 테러 사건 한 달 뒤에도 어김없이 애슐리에 찾아갔다. 대형 참사의 피해자였던 그 알바생은 보이지 않았다. 대박이라 맞장구친 동료 알바생만 보였다.

'그만 뒀나? 오늘 쉬는 날?'

짧게 궁금증을 품었지만 곧 잊었다. 알바생들이 빈번하게 바뀌는 편이어서 크게 신경 쓰지 않았다. 사고 치지 않고 배불리 먹기만 했다. 대형 참사 그날 이후 그 알바생은 다시 만날 수 없었다.

기독교 기업의 사랑 방식

2년 뒤 2016년 가을, 애슐리가 언론에 자주 오르내렸다. 이른바 '임금 꺾기'로 알바생들의 임금을 갈취한 파렴치한 행동이 세상에 알려졌다. 이랜드의 외식 업체 애슐리는 알바비를 줄이려고 15분 단위로 근무 시간을 쪼갰다. 가령 5시 13분까지 일해도 5시 정각까지 일한 것으로 기록하고, 13분 노동에 대한 임금을 안 준 것이다. 물론 알바생이 5시 13분까지 일한 것은 본인 의지가 아니라 사장 의지다. 5시 넘겨서까지 일을 시켜놓고 5시 13분에 보내버리는 것이다.

보도를 접하고서 이 생각이 제일 먼저 들었다.

'이랜드가 또?'

'또' 나쁜 짓을 저지른 이랜드에 화가 났다. 지난날 '이랜드 사태'를 초래했던 이랜드가 여전히 정신 못 차린다는 생각이 들었다.

2007년 6월, 이랜드는 계열사인 뉴코아와 홈에버의 직원 700여명을 계약 해지함으로써 집단 해고했다. 해고자들을 '외주 용역'으로 돌리려는 꼼수를 썼다. 7월 1일로 예정된 비정규직법 시행을 한 날쯤 앞둔 시점이었다. 비정규직의 차별을 바로잡자는 뜻으로 만든 비정규직법은 2년이 지난 비정규직 노동자를 의무적으로 정규직 노동자로 바꾸도록 규정하고 있었다. 이랜드가 해고한 직원 700여 명은 모두 비정규직 노동자였다. 이 어마어마한 집단 해고는 법의 빈틈을 노린 야비한 행위였다. 그러나 이랜드는 고용계약 만료로 인한 해고는 정당한 행위라고 주장했다.

법적으로는 정당할지 모르나 도덕적으로는 부당하다. 이랜드는 오래전 약속을 어겼기 때문이다. 홈에버의 전신은 프랑스의 세계적 할인매장 까르푸다. 당시 이랜드는 까르푸를 인수하면서 100퍼센트 고용 승계를 약속했었다. 그 약속이 까르푸 인수의 결정적 성공 요인이었다. 까르푸는, 이랜드가 롯데마트보다 낮은 인수 가격을 제시했음에도 이랜드를 택했다. 비정규직 노동자를 정당한 사유 없이 고용계약 만료로 해고할 수 없다는 자신들의 조건을 이랜드가 흔쾌히 받아들였기 때문이다. 고용 승계 보장은 이랜드와 까르푸만의 약속은 아닐 것이다. 노동자들과의 약속이기도 할 것이다.

약속을 저버린 이랜드와 약속을 지키라는 노동자들의 싸움이 시작됐다. 노동자들은 파업, 매장 점거 등으로 저항했고, 이랜드는 형사 고소, 손해배상 소송 등으로 대응했다. 몇 차례 협상도 시도됐으나 결렬됐다. 공권력이 투입되어 노동자들을 강제 연행하는 불상사도 일어났다. 노조위원장과 노조 간부가 해고되거나 구속되기도 했다. 그 와중에 이랜드의 비정규직 계약 해지는 부당 해고이므로 해고자들을 복직시켜야 한다는 지방노동위원회의 판결이 나왔다. 그러나 이랜드는 이 판결에 따르지 않았다.

싸움이 길어져 해를 넘겼다. 힘이 더 빠진 쪽은 노동자 쪽이었다. 일터를 떠나 싸움터로 나선 그들에게는 임금이 없었다. 그들은 밥마저 굶었다. 8월 뉴코아 노조가 먼저 두 손을 들었다. 해고자 350여 명 가운데 달랑 36명만 복직하는 것으로 회사와 합의했다. '합의'라는 말이 무색한 결말이었다. 더구나 노조 간부 15명은 복직을 포기하는 조건이었다. 대신 회사는 노조 간부들에 대한 손해배상 소송 철회, 자녀 학습 보조비 지급, 임신 여직원 수당 지급, 고정 연장근로 제외 등의 혜택을 약속했다.

11월에는 뉴코아 노조와 손잡고 이 지난한 싸움을 이끌어왔던 이랜드 일반노조가 투지를 굽혔다. 삼성테스코와의 새로운 협상 테이블에서 합의 문서에 도장을 찍은 것이다. 앞선 5월 이랜드는 홈플러스의 주인인 삼성테스코에 홈에버 매장 36곳을 팔아넘겼다. 매각과 함께 노동자들의 문제도 그대로 떠넘겼다.

삼성테스코는 비정규직 고용 보장과 처우 개선 대신 노조 지도부 12명의 복직 불가와 민형사 소송 취하를 핵심 조건으로 내밀었다. 노조지도부의 희생을 요구하는 조건이었다. 노조위원장을 비롯한 지도부는 고심 끝에 이에 수긍했다. 동료를 위해 희생을 감수한 것이다.

당시 이랜드 일반노조 위원장은 합의를 코앞에 둔 시점 한겨레와의 인터뷰에서 이렇게 말했다.

어쩔 수 없다. 조합원들을 한 명이라도 더 복지시키고, 조합원들에게 걸려 있는 250억 원의 손배소 소송 취하를 위해서는……

- 한겨레 〈복직과 250억 손배소 때문에 어쩔 수 없어〉 중. 2008년 11월 13일

정말 어쩔 수 없는 선택이었을 것이다. 동료들이 밥까지 굶는 상황에서 위원장으로서, 지도부로서 다른 선택지를 돌아볼 수는 없었을 것이다. 이들의 희생 덕분에 마지막까지 싸움터에 남았던 186명 가운데 174명이 일터로 돌아갈 수 있었다. 돌아가지 못한 12명은 물론 노조지도부다.

한편 프레시안은 협상 타결 소식을 보도하면서 노조지도부의 희생을 '아름다운 희생'이라 표현했다. 그러나 노조위원장은 그것을 '안타까운 희생'으로 고쳤다. 고난을 함께한 모든 이들에게 더 좋은 결과를 선물하지 못한 미안함 때문이었다. 이 아름답고도 안타까운 희생으로 500여 일 동안 뜨거웠던 이랜드 사태는 막을 내렸다.

애초에 노조지도부가 희생하는 비극은 일어나지 말았어야 했다. 이랜드가 약속만 지켰다면 날마다 희극이었을지도 모른다. 여러 모로 이랜드의 책임이 정말 크다. 물론 이랜드에게도 피치 못할 사정이 있었을 것이다. 이랜드는 까르푸를 인수할 때 인수금액의 절반 가까운 돈을 금융권 차입으로 마련했다고 한다. 때문에 해마다 수백억 원을 빚 갚는 데 썼다고 한다. 막말로 이랜드의 곳간이 차고 넘쳤다면 대량 해고 사태는 벌어지지 않았을지도 모른다. 그러나 그렇다고 해서 책임에서 벗어나기는 어렵다.

이랜드가 기독교 기업이기 때문이다. 박성수 회장이 이랜드는 기독교 정신에 바탕을 둔 기업이라는 점을 공공연히 드러냈던 탓이다. 기독교 기업이기에 이랜드는 노동자들의 고통 분담에 더 힘써야 했다. 그러나 너무 인색했다. 훗날 이랜드 일반노조 위원장은 이랜드가 "무식했다"고 회고했다. 이랜드가 노동자들과 머리를 맞대고 함께 문제를 풀 의지를 안 보였던 것이다.

기독교 정신의 핵심은 사랑이다. 그리고 나눔은 사랑의 표현 방법 가운데 한 가지다. 2002년 이랜드는 나눔을 실천함으로써 사랑을 표현하겠다고 세상에 공표했다. 기독교인들이 소득의 10퍼센트를 십일조로 내듯 이익의 10퍼센트를 사회에 환원하겠다고 공약했다. 그 공약대로 해마다 100억 원대의 돈으로 나눔 활동을 벌였다. 이랜드의 선행에 사람들은 긍정적인 시선을 보냈다. 기독교 기업답다는 칭찬을 아끼지 않았다. 대학생들은 선한 기업 이랜드를 '가고 싶은 회사 2위'로 꼽기도 했다.

그런데 비정규직 노동자들을 하루아침에 길거리로 내몰면서 이랜드의 이미지도 하루아침에 곤두박질쳤다. 따스했던 시선은 싸늘해졌다. 사회 환원을 한답시고 100억을 내놓으면서 비정규직을 내쫓는 것이 참다운 기독교 정신이냐는 비난이 쏟아졌다. 때맞춰 박성수 회장이 1년에 십일조를 130억이나 낸다는 소문이 불거졌다. 그러자 비난은 더욱 거세졌다. 그 큰돈으로 비정규직을 거두지 않고 교회에 갖다 바치는 이랜드는 악덕 기업이라 손가락질 받았다.

그 손가락질은 한국의 기독교에게도 향했다. 오른손으로 베풀고 왼손으로 빼앗는 기독교는 저잣거리의 소롯거리가 되었다. 이랜드가 기독교 기업임을 전면에 내세운 행위의 나비효과였다. 원래 착한 척하던 사람이 나쁜 짓을 하면 더 욕을 먹는 법. 이랜드가 사회 이슈화되기 오래전부터 이미 한국 사회는 기독교의 '착한 척'에 질려 있던 상태였다. 그 '착한 척'에 대해 미주알고주알 늘어놓을 필요는 없을 듯하다. 이랜드가 그것을 새삼스럽게 증명했다는 말로 충분할 것 같다.

다만 '130억 십일조' 설은 사실이 아닐 수도 있다. 이랜드 측은 몇 년간의 기부 현황을 공개하며 130억은 박성수 회장 개인의 헌금이 아니라 그룹 차원으로 꾸준히 환원해온 기부금이라고 해명했다. 여기서 중요한 점은 해명의 진실 여부가 아니다. 그 많은 기부금을 이랜드의 노동자들을 위해 쓸 수는 없었을까 하는 점이다. 이랜드는 해명 자료에서 130억 십일조 설로 인해 나눔과 이웃사랑이라는 경영이념이 훼손될까 우려된다고 밝혔다. 이랜드는 오직 기부금에만 나눔과 이웃사랑의 정신이 담긴다고 생각했던 모양이다. 기업이 노동자와 '나눌' 임금은 행여 새는 돈으로 여겼던 것은 아닌지……

'알바생들한테 줄 임금으로 사회에 기부한 거 아냐?'

애슐리의 임금 꺾기 소식에 어쩔 수 없이 이런 생각이 들었다. 나눔과 이웃사랑을 추구한다는 경영 이념의 진정성이 의심스러웠다. 이랜드에게 알바생들은 더불어 살아가는 이웃이 아니라 한낱 도구나 부품에 불과했을까.

2년 전 내가 일으킨 대형 참사의 피해자였던 여자 알바생이 기억 났다. 그 친구가 일하던 시절에는 임금 꺾기가 자행되지 않았는지, 또 다른 비인간적 대우나 갑질은 없었는지 궁금했다. 어쩌면 그 친구 가 곱게 그만두지 못했을 거라는 생각마저 들었다. 어질러진 음식테 이블을 닦으면서도 밝게 피어났던 웃음이 알바를 마치는 날에 눈물 로 바뀌지 않았을까 염려스러웠다.

애슐리의 알바생들이 자주 바뀌는 이유를 어림짐작할 수 있었다. 아니, 확신할 수 있었다. 학업, 취업, 건강 등 여러 가지 이유가 있겠 지만, 불합리한 임금 체계도 한몫했을 게 틀림없었다. 알바생들은 갑 질의 안타까운 희생자였다.

강자의 갑질이야말로 진짜 대형 참사다. 기업은 강자고 알바생은 약자다. 이것이 보편적 현실이다. 이따금 지위가 역전되는 현상을 보 인다 해도 그건 극소수에 불과하다.

문득, 다섯 살이 된 딸아이가 걱정됐다.

'우리 딸이 커서 알바 할 때쯤엔 이런 갑질이 사라질까?'

딸이 그런 꼴을 안 당하게 하는 방법은 하나뿐인 것 같았다. 아빠 가 만수르 같은 갑부가 되는 것. 풋, 헛웃음이 나왔다.

이랜드의 노동자들이 생존권을 지키려고 몸부림칠 때 박성수 회 장은 위엄 있게 말했다.

"성경에는 노조가 없다."

노동자들은 꿋꿋하게 맞섰다.

"성경에는 비정규직도 없다."

나도 한마디 하고 싶다.

"성경에는 임금 꺾기도 없다."

성경에는 나눔과 이웃사랑이 있다. 2020년인 지금도 있고, 앞으로도 죽, 하나님이 세상을 심판하시는 그날까지 있을 것이다. 이랜드뿐만 아니라 이 땅의 기독교 기업들은 나눔, 이웃, 사랑의 의미를 깊이 헤아리기를 바란다. 의미를 잘 모르겠다면 알게 해달라고 기도해야 할 것이다. 기독교 기업이니까.

기생충과 이웃

우리 영화 〈기생충〉이 아카데미에서 4관왕을 차지했다. 외국어 영화로는 처음으로 작품상을 받아 아카데미 역사를 새로 쓰기도 했다. 감독상, 각본상, 국제영화상도 모두 귀한 상이지만, 개인적으로는 작품상이 가장 인상적이다. 뜻깊은 생각거리를 안기는 작품이라고 생각한다.

많은 사람들이 〈기생충〉에 사회학적 시선을 보낸다. 실제로 영화는 양극화, 불공정, 청년 실업 등 한국 사회의 병폐를 오롯이 묘사하고 있다. 그런데 나는 〈기생충〉에 철학적 시선을 던진다. 감독이 의도했는지는 모르겠지만, 나는 영화에서 다음과 같은 메시지를 읽었다.

인간은 기생충이다.

〈기생충〉에는 크게 세 가정이 등장한다. 박 사장(이선균 분)네, 문광(이정은 분)네, 기택(송강호 분)네. 문광은 박 사장네 상주 가사도우미, 기택은 박 사장네 운전기사다. 즉, 박 사장네는 상류층, 문광네와 기택네는 하류층이다.

줄거리의 뼈대만 보면 박 사장네를 생계 수단으로 삼으려는 문광네와 기택네가 기를 쓰는 모습, 나아가 서로 경쟁하는 모습이 보인다. 그러나 뼛속을 들여다보면 문광네와 기택네에 기대어 사는 박 사장네의 모습이 드러난다. 박 사장의 아내(조여정 분)는 가사도우미 없이는 집안 살림에 엄두를 못 낸다. 영어가 달리는 딸에게는 과외 선생(기택의 아들)을, 정서가 불안한 아들에게는 미술치료 선생(기택의 딸)을 붙여줘야 한다. 떵떵거리며 사는 박 사장네가 타인의 도움으로 살아가고 있는 것이다. 영화 후반부, 박 사장이 아들 생일잔치를 위해 기택에게 인디언 역할을 지시하는 장면도 동일한 맥락이다. 그 지시는 '부탁'이기도 했다.

결국 우리 모두는 서로 의지하며 살고 있는 것이다. 기생하는 것이다. 잘난 사람도, 못난 사람도 혼자서는 감당할 수 없는 것이 세상살이다. 제아무리 하늘을 찌르는 권력자라 해도 집 천장에 물이 새면 배관공을 불러야 하듯. 그런 의미에서 인간은 하찮은 존재다. 인간이 하찮게 여기는 '벌레'보다 기실 나을 것도 없는 생물이다.

피차 기생하는 처지인데, 왜 누구는 누구를 업신여길까. 가진 자는 없는 자를 집어삼키고, 힘센 자는 약한 자를 짓밟을까. 철학적 질문에 굳이 답을 찾을 필요는 없을 것 같다. 사람이 사람을 기생충이 아닌 이웃으로 대하기, 그것을 기대하는 것이 나을 것이다.

고용, 노동, 임금, 복지. 사용자와 노동자는 이와 같은 요소들로 번번이 갈등을 겪는다. 비단 이랜드와 그 노동자들만의 문제는 아니다. 이랜드의 바통을 이어 롯데시네마, 파리바게트도 임금 꺾기로 입방아에 올랐었다. 〈기생충〉의 아카데미 수상과 맞물린 시기 한국가스안전공사 비정규직 노조는 직접 고용을 요구하며 파업을 결의하기도 했다. 노사 갈등이 깨끗이 사라지는 날이 과연 올 것인지, 정말 아득하기만 하다.

기업이 먼저 직원을 '이웃'으로 여긴다면 그날을 앞당길 수 있을지도 모른다. 특히 기독교 기업에게는 그 일에 앞장서야 할 의무가 있다. 이웃사랑은 기독교의 가치 있는 정신이기 때문이다. 더구나 스스로 기독교 기업이라는 간판을 내건 기업이라면 그 책임은 더욱 막중하다. 이랜드 사태 당시 이랜드를 싸잡아 욕하는 사회 분위기가 짙었던 이유도 바로 그것이다. 이랜드라는 기업이 탄생할 때 기독교 기업임을 밝히기를 요구한 사람은 아무도 없었다. 본인이 제 입으로 착하다고 말했으면, 그 말대로 착하게 살아야 하지 않겠는가.

세상은 기독교인이 착하기를 기대한다. 기독교인 스스로 공생애를 실천한 예수의 후예라는 점을 떠벌린 영향이 크다. 강도 피해자를 서슴없이 도운 '선한 사마리아인' 이야기에 아멘을 외치는 모습은 기대감을 심어 주기에 충분했다. 그렇기에 사람들은 기독교인이 나쁜 짓을 하면 더 심한 배신감을 느낀다. 말만 번지르르한 떠버리 기독교인이 이미 포화 상태다. 앞으로 줄어들지, 더 늘어날지는 전적으로 기독교인의 어깨에 달려 있다.

기독교 기업에게 어처구니없는 피해를 당한 적이 있었다. 이랜드와는 비교 자체가 불가능한 작은 규모의 지물포이지만 엄연히 기업이다. '기업'이란 칭호는 조롱이 아니라 존중이다.

그 지물포는 우리 교회 교인이 운영하는 곳이다. 그곳 사장님은 안수집사님이라는데, 어머니만 알고, 나는 몰랐다. 때는 2007년 겨울, 결혼식을 얼마 앞둔 시점이었다. 어머니의 소개로 그 업체에 신혼집의 도배를 맡겼다. 도배하는 날, 사장님이 직원을 대동하고 신혼집에 찾아왔다. 예비 신부는 출근한 터라 나 혼자 그분들을 맞이했다. 처음 뵙는 것인데, 두 분 다 인상이 편안했다.

"붙어 있는 벽지 꼭 제거해 주세요."

나는 정중하게 신신당부했다. 신혼집은 예전 주인이 오래 살던 집인데, 벽지가 두 겹이나 발라진 상태였다.

사장님에게서 이런 대답이 돌아왔다.

"걱정 마세요. 잘해 드릴게요."

기독교인이라는 동질감 때문인지 그 말에 믿음이 갔다.

"저는 외출할 테니, 도배 마치면 전화 주세요."

딱히 외출할 이유는 없었지만 마음 편히 일하라는 뜻에서 집을 나왔다. 주인이 지켜보고 있으면 아무래도 일꾼 입장에서는 부담스럽기 마련이다. 교인이니까 깔끔하게 잘해줄 거라는 믿음이 있으니 나도 마음 편하게 자리를 비울 수 있었다.

저물녘에 사장님의 연락을 받고 신혼집에 찾아갔다. 특별히 도배가 잘됐다는 느낌은 못 받았지만 중대한 흠도 눈에 띄지 않았다. 나는 그럭저럭 만족한 상태로 도배 건을 갈무리 지었다.

한 6개월쯤 뒤에 탈이 났다. 거실 벽 인터폰 주위의 벽지가 붕 뜨기 시작했다. 뜨고 나서 보름쯤 지났을 때는 쩍 갈라져버렸다. 갈라진 틈새로 옛 벽지가 보였다. 오, 마이 갓! 오래된 벽지를 안 벗겨내고 그냥 덧발라버리다니! 1년쯤 지나자 벽지 이곳저곳이 울기 시작했다. 운 곳을 손으로 만지니 두터운 촉감이 전해졌다. 겹겹이 바른 벽지의 느낌이었다. 오래된 벽지가 울면서 새 벽지도 운 것이다. 정말 나도 울고 싶었다.

마음속으로 비난을 퍼부었다.

'날 돈주머니로만 본 거야? 이딴 식으로 일하면서 예수 믿는 사람이라고 말하고 다니는 거 부끄럽지 않나?'

솔직히 고백하자면 면전에 대고 소리 치고 싶었다. 눈 가리고 아웅 해도 유분수지, 같은 교인을 속였다는 게 너무 분했다. 아내에겐 또 얼마나 미안한지……. 아내는 짧게 투덜대기는 했지만 고맙게도 너그럽게 참고 넘어가 주었다.

나도 참았다. 어머니 입장도 있고, 같은 교인이기도 해서 눈 꾹 감고, 입술 꽉 깨물고 용서했다. 어머니에게는 도배 참사를 비밀에 부쳤다. 기독교인이라면, 기독교 기업이라면 그래서는 안 되는 거였다. 기독교인으로서 '그래서는 안 되는' 행동을 했다는 점에서 지물포 사장님이나 이랜드 회장님이나 도긴개긴이다.

기억이 가물가물한데, 한 6년쯤 지나 어머니에게 도배 참사에 대해 말한 것 같다. 그 무렵 어머니는 벽지가 낡았으니 도배를 새로 하라고 재촉했었다. 또 그 지물포를 추천할까 봐 하는 수 없이 비밀 상자를 열었다. 어머니는 멋쩍어 하며 쓴웃음을 웃었다.

그런데 반전이 일어났다. 어머니가 생뚱맞은 말을 한 것이다.

"아마 집사님이 도배 직접 안 했을지도 몰라. 하청을 주거나 직원을 시키기도 하거든."

당시 어머니도 도배 현장에는 없었기 때문에 문제의 도배사가 누구였는지는 정확히 몰랐다.

"엄마가 사장님한테 직접 해달라고 부탁한 거 아니었어?"

"그건 아닌데."

"뭐? 그 집사님 이름이 뭔데?"

어머니에게 이름을 듣고 교회수첩에서 집사님의 얼굴을 확인했다. 우리 집을 도배한 분이 아니었다. 한순간 여러 감정이 헝클어졌다. 괜히 나한테 욕을 먹은 사장님한테 미안하기도 했고, 팩트 체크 없이 비난부터 한 나 자신이 부끄럽기도 했다. 이 맹랑한 상황을 초래한 어머니가 원망스럽기도 했다. 그리고 도배를 엉망으로 한 장본인이 사장님이 아니었다는 사실에 적잖이 마음이 놓이기도 했다.

그때 신혼집을 방문했던 도배사들이 하청업자인지 직원인지는 궁금하지 않았다. 기독교인인지 아닌지가 궁금했다. 하지만 확인은 안했다. 사장님에게 물어볼 수야 있겠지만, 까마득한 옛일을 파헤치는게 부질없이 느껴졌다.

도배사들이 기독교인이 아니었다면 덜 속상했을 것이다. 반대로 기독교인이었다면 더 속상했을 것 같다. 그만큼 기독교인에게는 어떤 선천적인 기대감이 옷 입혀지기 마련이다. 그러므로 기독교인은 몸가짐과 마음가짐에 특별히 신경을 기울일 필요가 있다.

이랜드 사태에서 한 가지 눈여겨 볼 점이 있다. 뉴코아 노조와 이랜드 일반노조 모두 정규직 노동자와 비정규직 노동자가 한데 어우러져 있었다는 사실이다. 대부분의 기업들에는 정규직 노조와 비정규직 노조가 따로 존재한다. 둘은 연대도 하지만 갈등도 한다. 심지어 정규직 노조가 비정규직 노조를 탄압하거나 고립시키는 경우도 있다. 그런 현실 속에서 이랜드 노조는 특이한 노조였다.

이랜드 일반노조 위원장 역시 정규직 신분이었다. 그는 앞서 언급한 한겨레와의 인터뷰에서 비정규직과 함께해야 정규직도 살 수 있다는 취지의 발언을 했다. 그것이 평범한 진리라고도 했다.

이랜드 노동자들은 서로를 동료로, 이웃으로 여긴 것이다. 500여 일을 끈질기게 버틸 수 있었던 힘, 작지만 값진 승리를 얻을 수 있었던 힘은 이 동료애에서 비롯된 것이 아닐까. 동료애, 이웃사랑. 이것은 우리를 살리는 힘이다. 평범하지만 고귀한 진리다.

네 이웃을 네 몸과 같이
사랑하지는 못하더라도

문재인은 공산주의자입니다. 저는 자유한국당 지지자로서 문재인을 몰아내기 위해 황교안 대표님을 중심으로 연합하기를 호소합니다. 조국은 코링크를 통해서 중국 공산당에게 돈과 도움을 받았습니다. 문재인도 한통속입니다. 다만 확증은 없으니, 문제가 되면 저를 고소하십시오. 그 대신 철저하게 조사해 주십시오.

저는 좌파도, 우파도 아닙니다. 정치 욕심도 없습니다. 저는 성경 말씀을 따라 사는 크리스천일 뿐입니다. 크리스천으로서 자유민주주의를 지키고 싶은 마음뿐입니다. 종교의 자유를 보장하는 자유민주주의가 성경에 따른 체제이기 때문입니다.

공산주의는 종교, 특히 기독교를 싫어합니다. 역사적으로 공산주의 정권은 교회부터 무너뜨렸습니다. 그러므로 저는 크리스천으로서 입 다물고 있을 수 없습니다. 나라를 사랑하는 크리스천으로서 정치적 목소리를 내야만 했습니다. 부디 '문재인이 공산주의자'라는 메시지가 만인에게 전해지기를 바랍니다.

국대떡볶이 김상현 대표의 발언들을 재구성한 것이다. 재구성에 쓰인 출처는 이데일리 기사 〈#문재인은 공산주의자…나한테 덤벼라(2019. 9. 24)〉, 신동아 인터뷰 〈늑대(조국) 가고 표범(임종석) 올까 더 두렵다(2019. 10. 23)〉 및 월간조선 인터뷰 〈문재인 정면 비판한 김상현 국대떡볶이 대표(2019. 11월호), 보수 기독교 유튜버 '책읽는 사자'에서 진행한 강연 〈성경의 원리대로 기업을 운영하니까 이게 되더라고요(2019. 9. 5)〉 등이다.

나는 국대떡볶이는 알았지만 대표에 대해서는 전혀 아는 바가 없었다. 당연히 그가 기독교인인 줄도 몰랐다. 느닷없이 언론에 집중 조명되는 바람에 알게 되었고, 거친 말들을 거침없이 토해내기에 관심을 갖게 되었다.

일단 나는 김상현 대표의 정치색에 관심이 없다. 따라서 그가 우파 계열 이언주 의원의 전진당 창당 발기인 명단에 이름을 올렸을 때 그냥 그런가 보다 했다. 정치 욕심 없다는 사람이 슬그머니 정치판에 끼어드는 일은 비일비재하기 때문이다. 문재인 대통령과 조국 전 장관에게 던지는 모욕적 언사도 불쾌하지만 들어줄 수는 있었다. 그 역시 국민의 한 사람으로서 표현의 자유가 있고, 더 상스러운 막말을 일삼는 무리들도 있기 때문이다.

현 정부 지지자들이 국대떡볶이 불매운동을 벌였을 때는 주제넘지만 가맹점을 걱정하기도 했다. 이른바 오너 리스크로 애꿎은 가맹점이 피해를 보는 것은 옳지 않으므로. 때문에 김상현 대표를 지지한 이들이 국대떡볶이를 부지런히 먹어 오히려 매출이 오른 매장이 많아졌다는 뉴스에 다행이라 생각하기도 했다.

다만 김상현 대표가 기독교인이라는 것을 강조한 점에는 몹시 유감이다. 일면 안타깝기도 하다.

극우 세력은 문재인 대통령을 공산주의자로 낙인찍는다. 가장 큰 이유는 문재인 대통령이 '낮은 단계 연방제 통일'이라는 청사진을 그리고 있기 때문이란다. 우선 연방제란 '1국가 1체제 1정부'의 완전한 통일국가 형태를 일컫는다. 미국, 캐나다, 독일 등이 대표적인 연방제 국가다. 낮은 단계 연방제란 '1국가 2체제 2정부'의 연방국가 형태다. 북한은 2000년대 들어 낮은 단계 연방제 통일을 통일 방안으로 내놓았다. 통일을 하더라도 남북한 정부는 고유 권한을 그대로 유지하되, '최고민족연방회의' 같은 별도의 통일국가 기구를 운영하자는 것이다.

2012년 김대중 전 대통령 서거 3주기 행사에서 문재인 당시 국회의원은 이런 말을 했다.

"국가연합이나 낮은 단계의 연방제를 실현해서 김대중 대통령이 6·15 선언에서 밝힌 통일의 길로 나아가고 싶습니다."

'낮은 단계의 연방제'라는 표현을 쓴 것이 반대파의 먹잇감으로 작용했다. 분명 '국가연합'이란 표현도 나란히 썼는데, 반대파는 낮은 단계의 연방제에만 몰두했다.

그런데 2019년 문재인 정부의 통일교육원이 발간한 〈2019 통일

문제 이해)에는 대한민국의 공식 통일안을 '민족공동체통일방안'으로 명시하고 있다. 이는 보수 정권인 노태우 정부가 처음 제시한 '한민족공동체통일방안'을 모태로 한 것이다.

민족공동체통일방안에서는 통일 과정을 3단계로 나눈다. 1단계 화해협력, 2단계 남북연합, 마지막 3단계는 통일국가다. 여기서 통일국가란 1민족 1국가 1체제 1정부로 구성된, 완전한 대한민국이다. 2단계 남북연합이 낮은 단계 연방제와 비슷하지만, 최종 목적지는 자유와 복지와 인간 존엄이 보장되는 선진 민주주의 국가다. 또한 이 통일안의 '남북연합'이 국회의원 문재인이 표현한 '국가연합'인 것이다.

2017년 4월 25일 JTBC '대선 후보 토론회'에서도 당시 문재인 후보는 낮은 단계 연방제가 국가연합(남북연합)과 별 차이가 없다고 밝혔다. 민족공동체통일방안에 의하면, 2단계 남북연합에서는 교류 협력 제도화, 상호 신뢰 구축, 민족 동질화 추진을 목표로 세운다. 낮은 단계 연방제 통일이 목표라고 주장하지는 않는다. 이런 정황들을 헤아려 볼 때 문재인 대통령이 말한 낮은 단계 연방제는 선진 민주주의 국가인 통일 대한민국으로 가는 과정이라는 해석이 충분히 가능하다. 그리고 지금 그 과정을 걷는 중이라고 볼 수도 있다.

그러나 극우 세력은 이와 같은 해석에 침을 뱉는다. 해석하려는 시도 자체를 불순하게 여기며 원천봉쇄한다. 낮은 단계 연방제는 평화 통일이 아닌 적화 통일로 가는 징검다리라고만 주장한다. 베트남의 공산화를 근거로 대면서 낮은 단계 연방제가 실현되면 북한에 의해 대한민국이 공산화 된다고 부르짖는다. 국대떡볶이 김상현 대표도 그들과 똑같은 주장을 하며 목소리를 높이고 있다.

일부 기독교인들은 극우 세력에 적극 동조한다. 우리나라가 공산주의 국가가 되면 이 땅에서 기독교가 사라질까 봐 염려된다면서. 스스로를 극우가 아니라고 하는 김상현 대표 역시 이 점을 염려하고 있다.

김상현 대표를 비롯한 일부 기독교인들이 극우든 아니든, 꼭 극우처럼 행동할 필요가 있을까 싶다. 극우 세력은 막말과 헐뜯기를 즐긴다. 건강한 비판보다는 원색적 비난에만 열심이다. 진보 정권은 쌀로 밥을 짓는다고 해도 믿지 않는다. 이는 극좌의 특징이기도 하지만 적어도 현 정권 아래서는 극우의 독보적 영역이다. 기독교 안에서도 극좌 기독교보다는 극우 기독교의 험악한 말과 행동이 훨씬 두드러진다. 사실 극우 기독교는 현재 우리나라 극우 세력의 한 축이다. 그 씁쓸한 현실은 책장을 넘기면서 자연스레 목격할 수 있을 것이다.

여하튼 기독교인이라면 정치적 목소리를 내더라도 인간적 예의를 갖출 수 있을 것이다. 지지하지 않는 지도자를 위해 기도를 할 수도 있을 것이다. 비록 가슴 한 켠에 미움을 품고 있더라도 말이다. 나도 이명박, 박근혜 전 대통령을 미워도 하고 비판도 했지만, 솔직히 비난도 했지만, 기도도 했다. 이명박 정부의 4대강 사업이 성공하기를, 박근혜 정부가 일본군 위안부 문제를 명쾌하게 해결하기를 기도했었다.

극우 기독교 및 극우 세력의 가장 큰 문제점은 뜻이 다른 이들을 적대시한다는 점이다. 같은 부류, 아니 같은 사람으로 치지도 않는 것 같다. 반대 의견을 내면 무조건 빨갱이 취급한다. 북으로 가란다.

심지어 김정은 똥구멍이나 핥으라고도 한다. 그들의 시각으로는 문재인 대통령을 지지하는 나도 빨갱이일 뿐이다. 더불어 살아가야 할 이웃이 아니라 물리쳐야 할 적이다.

김상현 대표에게 느낀 안타까움도 바로 이 점에서 기인한다. 문재인 대통령과 지지자들을 향한 김상현 대표의 언행에는 적대감만 물씬 풍겨난다. 그는 성경의 원리를 오직 기업 운영에만 적용할 줄 아는 것 같다. 정치적 행동에서는 성경의 원리를 따르는 모습을 찾아보기 어렵다.

"크리스천 기업 경영의 목적은 복음을 전하는 것입니다. 복음을 전했을 때 사람이 변화되고, 사람이 변화되면 사회 문제가 해결됩니다. 예수 그리스도를 믿는 믿음이 생겼을 때 사람은 선해질 수 있습니다."

31쪽에서 언급한 책읽는사자가 개최한 강연에서 김상현 대표가 한 말이다. 예수 믿으면 마음이 선해지고, 그 선한 마음이 행복한 세상을 만든다는 기독교적 논리에 고개가 끄덕여진다. 본인의 기업 경영 목적은 복음을 통해 이루는 행복한 세상이라는 고백에는 응원마저 하고 싶어진다.

그래서 기독교 기업가인 김상현 대표가 가슴에 손을 얹고 찬찬히 생각해 보면 좋겠다. 공산주의 사상에 물든 지도자와 그를 추종하는 빨갱이들이 판치는 한국 사회를 위해 '선한 싸움'을 하고 있는지. 문제 해결을 위해 복음을 전하는 방식으로 다가가고 있는지.

"하나님을 믿으면 정직해집니다. 성실해지고, 지혜로워지며, 욕심을 따라가지 않게 됩니다. 태도가 변합니다. 그래서 사업이 잘됩니다."

기업 경영에서만큼은 본인의 말대로 실천했기에 국대떡볶이가 잘되고 있는지도 모르겠다. 많은 가맹점 주와 딸린 식구들의 생계를 위해서라도 그 모습 변함없기를 기대한다. 부디 정치적 행보에서도 이 말처럼 행하는 모습을 보인다면 더할 나위 없이 좋겠지만.

기독교계 인터넷 신문 뉴스앤조이의 2019년 9월 24일 자 기사 〈문재인은 공산주의자⋯ (하략)〉에서는 김상현 대표의 주장이 극우 기독교 세력의 그것과 동일하다는 평가를 내렸다. 또한 해당 기사에서는 김상현 대표의 페이스북 글도 일부 소개했는데, 다음과 같은 글이 특히 눈에 띄었다.

노조의 방향성은 회사가 잘되는 것이 아닙니다. 회사가 망하는 것이 방향성입니다.

국대떡볶이는 가맹점을 모집해 운영하는 프랜차이즈 기업이기에 노동자에 대한 공감능력이 부족한 것일까. 가맹점주, 다시 말해 자영업자는 노동자와는 전혀 다른 별나라 사람으로 치는 것일까. 국대떡볶이 가맹점주들이 가맹점 노조를 형성했을 때 김상현 대표가 어떻게 대처할지 사뭇 궁금하다. 제발 기독교 기업 이랜드와는 다르기를 기도한다.

노조가 절대선絶對善은 결코 아니다. 빛과 그늘이 분명 공존한다. 그러나 노조 자체를 부정적인 집단으로 단정 짓는 것은 기업가의 바람직한 마음가짐이 아니다. 노동자를 이웃으로 여기는 마음이 '1'도 없는 기업가라는 것을 스스로 증명하는 마음가짐이다. 그런 기업가에게 노조는 뜻이 다른 반대파이자 쳐부수어야 할 적일 따름이다.

적어도 기독교 기업가라면 노동자는 이웃이라는 생각이 '2'는 있어야 하지 않겠는가. 자기 몸과 같이 사랑하지는 못하더라도 말이다.

마지막으로 조국 전 법무부 장관의 이야기를 덧붙인다. 김상현 대표가 조국 수호를 외치는 자들이 논리가 없다는 말을 꺼냈기 때문이다. 그는 조국 편에 선 이들이 무턱대고 조국을 지키려고만 하지 왜 지켜야 하는지 이유를 대지 않는다고 비판했다(언론상 발언을 봤을 때 이것만큼은 비난보다 비판에 가까웠다). 그러면서 조국의 잘못이 명백하다고 말했다.

조국의 잘못이 명백하다는 것, 그 생각이야말로 명백한 잘못이다. 조국이든 누구든 잘못이 분명하다면 당연히 비판받아야 한다. 그에 따른 책임도 져야 한다. 조국 본인도 인사청문회 때 잘못이 있다면 책임지겠다고 말했다. 조국을 공격하는 자들은 검찰과 자유한국당과 언론이 마구잡이로 던지는 의혹을 기정사실화한다. 문재인 정부 발목잡기, 여당 압박, 검찰 개혁 훼방 등 불순한 정치적 의도가 숨어 있을지 모를 그 의혹 제기에 전혀 문제 제기를 하지 않는다. 당연히 사실이라는 전제 아래 '조국은 죄인'이라는 주홍글씨를 새긴다. 조국의 해명은 무조건 거짓으로 치부한다. 시대적·사회적 배경은 헤아리지 않고 조국의 삶은 특권이었다고 시샘한다. 이 모든 행위는 폭력이다. 조국을 지키려는 자들은 그 그릇된 폭력에 저항하는 것이다.

십일조는 꼭 내야 할까?

잘 모르겠다. 어떤 목사님은 꼭 내야 된다고 하고, 어떤 목사님은 마음이 우러날 때 내면 된다고 한다. 십일조가 의무라는 주장의 근거로 종종 쓰이는 성경 말씀은 구약의 말라기 3장 8~10절이다. 그 말씀들을 한 줄 요약하면, '마땅히 하나님의 소유인 십일조를 내는 것은 하늘의 복을 쌓는 일' 정도로 표현할 수 있겠다.

구약 시대에 십일조는 좋은 일에 많이 쓰였다. 신명기 14장 28~29절, 26장 12~13절을 보면 고아, 과부, 땅이 없는 레위인처럼 소외 계층에게 쓰였다는 이야기가 나온다. 구약 시대가 성전 중심의 시대인지라 성전의 유지 보수 비용을 충당하는 데도 십일조는 요긴했다. 당연히 제사장의 생계에도 도움을 주었다. 그런데 이를 정직하게 관리해야 할 제사장들이 슬쩍하는 사례도 꽤 있었다. 말라기 3장 8~10절 말씀은 그런 제사장들에게 보내는 하나님의 경고이기도 하다.

신약 성경에는 십일조를 콕 집어 언급한 대목은 없다. 마태복음 23장 23절에서 예수님이 십일조만 중하게 여기고 정의와 자비를 경시하는 서기관들과 바리새인들을 나무라는 장면만 나온다. 성전 대신 교회(성도의 모임)를 세우는 데 힘쓴 예수님은 십일조는커녕 헌금의 의무에 대해서도 강조하지 않았다. 그렇다고 헌금이나 십일조를 안 해도 된다고 딱 못 박으신 것도 아니다. 다만 이렇게 말씀하셨다. 마가복음 12장 33절의 핵심만 뽑아 전한다.

"이웃을 자기 자신과 같이 사랑하는 것이 모든 제물(헌금)보다 나으니라."

한편 예수님은 가난한 과부의 적은 헌금(과부에게는 전부였지만)에 담긴 마음을 칭찬하시기도 했다. 중요한 것은 액수보다는 마음이라는 가르침을 주신 것이다.

나는 꼬박꼬박 십일조를 낸다. 솔직히 하늘의 복을 위해서라기보다는 뭔가 찝찝해서다. 안 내면 나쁜 일이 생길지 몰라 마음이 불편하다. 그런 마음으로 내는 십일조를 하나님께서 온전히 받아주실지 사실 걱정스럽다.

십일조를 내느냐 마느냐는 전적으로 본인의 마음에 달린 것 같다. 오늘날에도 십일조는 사회 구제에 분명 이바지한다. 목사들 호주머니로만 들어가는 것도 아니고, 으리으리한 교회를 짓고 또 유지하는 데만 쓰이는 것도 아니다.

어떤 선택을 하든 마음이 평안하기를 기도한다.

chapter 2

너는 되고
나는 안 되는
동성애

2020년 5월 11일까지의 기록

술친구를 원하는 남자

"술 한잔할래?"

플랫폼에서 열차를 기다리는데, 낯선 아저씨가 대뜸 말을 걸었다. 살짝 벗어진 머리, 얇은 금테 안경의 아저씨는 오십대 후반으로 보였다. 초로의 아저씨가 왜 새파란 청년에게, 일면식도 없는 내게 술을 마시자는 걸까? 난생처음 겪는 일에 어떤 대답도 선뜻 내놓을 수 없었다.

나의 머뭇거림이 답답했는지 아저씨는 즉각 본론으로 들어갔다.

"내가 오늘 4억 부도 맞았다. 맨정신에 식구들 못 봐."

"부도……요?"

"그래. 우리 공장 망했다."

아저씨가 한 걸음 가까이 다가왔다. 플랫폼 조명에 아저씨의 발그레한 얼굴이 얼핏 드러났다. 아저씨는 이미 한잔 걸친 상태였다.

"내가 살게, 인마. 날도 더운데 맥주 한잔하자."

아저씨는 호기롭게 말했지만 눈빛은 풀이 죽어 있었다. 어쩔까 망설이는 사이 열차의 진입을 알리는 음악이 역사에 울려퍼졌다. 그 발랄한 멜로디, 그리고 밝음과 어둠이 섞인 아저씨의 얼굴. 묘하게 상황이 드라마틱했다. 술친구 되기를 거절하면 어쩐지 비극이 일어날 것만 같았다.

"그러시죠, 뭐. 근데 오래는 못 있어요."

"12시 땡 하기 전에 들여보내 줄게."

아저씨가 환하게 웃으며 내 어깨를 툭 쳤다. 친구처럼 구는 아저씨가 친근하게 느껴졌다.

작은 술집 안은 사람들로 바글거렸다. 밤 10시 무렵이었지만 여름밤은 뜨거웠고, 사람들은 술로 열기를 식히고 있었다.

아저씨와 내 앞에 얼음 서린 생맥주 두 잔과 시원한 수박화채 한 그릇이 놓였다. 그러자 일종의 의무감이 잔잔히 밀려왔다. 인생 선배의 실패담과 하소연을 귀담아 들어야겠다는 생각이 들었다. 그래야만 아저씨에게 조금이나마 위로가 될 것 같았다. 그것이 이 술자리의 동기이자 목적이었다.

그런데 막상 술자리가 시작되자 아저씨는 좀처럼 속사정을 풀어놓지 않았다. 힘들다, 죽고 싶다, 가족들 볼 면목이 없다, 이렇게 두루뭉술한 한탄만 쏟아냈다. 술도, 안주도 거의 손대지 않았다.

오히려 머쓱해진 내가 내 이야기를 꺼냈다. 올해 서른넷으로 출판사에서 편집자로 일한다, 12월에 결혼하는데 준비 과정이 만만치 않다, 사실 오늘 결혼할 사람과 조금 다퉈서 마음이 무거웠다……

미소를 머금은 채 듣고 있던 아저씨가 덥석 내 손을 잡았다. 아니, 정확히는 테이블에 놓여 있던 내 손에 본인의 손을 포갠 것이다. 설핏 당황스러웠지만 손을 빼지는 않았다. 날 격려해주기 위한 몸짓으로만 여겼다.

"너, 참 이쁘다."

아저씨가 빙글빙글 웃었다. 나도 그냥 소리 없이 따라 웃었다. 서른넷의 나. 이런 말 하긴 쑥스럽지만 그 시절의 나는 최강 동안이었다. 직장 선배들에게 '뽀송이'란 별명으로 불릴 만큼 얼굴이 뽀얬다 (꽃미남이었다는 말은 결코 아니다). 다들 '새파란 청년'으로 보았고, 윗사람들은 심심찮게 예쁘다는 말을 건넸다. 그래서 아저씨의 말에 별거부감이 들지 않았다.

그래도 아저씨의 손이 내 손을 계속 포개고 있는 모양새는 조금 어색했다. 언제쯤 아저씨가 손을 거둘까 생각하는데, 뜻밖의 말이 날아왔다.

"모텔 가자."

모텔? 밤새워 술 마시자는 뜻이겠지?

"내일 일찍 출근해야 해서 그건 좀……."

갑자기 아저씨가 내 손을 살살 어루만졌다. 순간 불길한 예감이 스쳐갔다. 나는 예감이 틀리기를 바라며 잠자코 아저씨의 다음 말을 기다렸다.

"나랑 자자."

예감이 들어맞자 맥주잔에 수박조각을 빠뜨린 것처럼 난감했다.

"지금, 그러니까…… 성관계를 말씀하시는 거죠?"

아저씨가 수줍음 많은 소녀처럼 고개를 끄덕였다.

"사실 아까 화장실에서 너 봤다. 너 꼬추 예쁘더라."

아저씨 맙소사! 볼일 볼 때 옆에서 몰래 훔쳐보셨다니!

한 시간쯤 전으로 기억을 되감았다. 나는 개찰구를 통과하자마자 화장실로 향했다. 소변을 보고, 손을 씻고, 티셔츠 앞자락에 물기를 닦았다. 화장실에서부터 50미터쯤 통로를 걸은 뒤 에스컬레이터 대신 계단을 타고 플랫폼으로 내려왔다. 열차 운행 상황을 알려주는 전광판을 확인하고는 한적한 곳을 찾아 잠깐 서성였다. 적어도 화장실에서부터는 나의 모든 동선에 아저씨가 비밀리에 함께했다고 생각하니 은근히 불쾌했다.

달아오른 감정을 미처 가라앉히지도 못 했는데, 한층 더 센 말이 나를 강타했다.

"내가 뒤로 해줄게."

후배위, 항문 성교, 여자 역할. 이런 낯 뜨거운 말들이 머리 위를 붕붕 날아다녔다. 불쾌지수가 한 단계 더 상승했다. 그러나 불쾌한 내색을 하지 않으려고 꾹 참았다. 어쨌든 아저씨는 4억이나 부도를 맞아 힘든 상황이니까.

나는 감정을 억누르려 애쓰며 최대한 정중하게 말했다.

"죄송합니다. 그만 집에 가봐야겠네요."

어느 겨를에 손을 뺐는지 나는 테이블 아래로 손을 가지런히 모아

두고 있었다.

"야, 왜 이래? 너도 다 알면서 따라온 거 아냐?"

아저씨의 말투가 약간 퉁명스러웠다.

"아저씨, 저는 '그런 쪽'은 아닙니다. 정말이에요."

'동성애자'라는 표현을 쓰기가 좀 꺼림칙해서 '그런 쪽'을 선택했다.

"진심이냐?"

"네. 결혼 날짜도 잡았다고 했잖아요."

"그건 그거고. 딱 한 번만, 안 되겠냐?"

"안 됩니다. 죄송합니다. 술이나 마저 마시죠."

어정쩡한 웃음과 함께 술잔을 들어 건배를 청했다. 아저씨는 술잔을 들지 않았다. 나를 물끄러미 바라보기만 했다. 떠나는 연인을 붙잡으려는 사람처럼 간절한 눈빛이었다. 나는 일부러 그 눈빛을 외면하며 혼자 술을 들이켰다. 아저씨의 한숨소리가 들렸지만 모른 체했다.

술을 조금 남긴 채 술잔을 내려놓았다. 동시에 아저씨가 벌떡 일어섰다. 나를 잠깐 노려보더니 휙 자리를 떴다. 아저씨는 그대로 술집을 나가버렸다. 세 동작이 한 번에 일어난 듯 얼떨떨했다.

나는 남은 술을 단숨에 마셨다. 한동안 눈사람처럼 멍하니 앉아만 있었다.

'혹시 아저씨 말은 다 거짓이었을까? 부도 맞았다는 이야기는 날 꼬시려고 지어낸 걸까?'

생각이 여기에 미치자 정말 만신창이가 된 기분이었다. 하지만 만신창이로 술집에 머물러 있을 수는 없었다. 나는 내일 출근해야 할 몸이었다.

엉덩이를 털며 일어서는 찰나 테이블 한 구석에 계산서가 눈에 띄었다. 픽, 헛웃음이 나왔다.

'아저씨가 술값 안 냈잖아?'

신용카드를 긁어 술값을 치르고 술집을 나왔다. 더웠다. 주위를 두리번거렸지만 아저씨는 온데간데없었다. 비슷하게 생긴 사람도 안 보였다. 혹시나 아저씨를 보면 그래도 술 잘 마셨다는 한마디는 하고 싶었다.

지하철역까지 털레털레 걸었다. 걸으면서 아저씨의 입장을 헤아렸다. 내게 진실을 말했든 거짓을 말했든, 중요한 것은 그게 아니지 싶었다. 아저씨가 오늘 몹시 외로웠던 모양이라고 나는 생각했다. 아니, 어쩌면 인생의 많은 날들이 외로움으로 가득했을지도. 아저씨는 소수자이니까. 동성애자나 이성애자나, 또 양성애자나 사랑하고 싶고 사랑받고 싶은 마음은 다 있는 것이니까.

아저씨가 집에 무사히 들어가기를 마음속으로 빌었다. 가족이 있든 없든 오늘밤 편안하게 잠들기를 하나님께 기도했다. 결혼을 앞둔 2007년 여름 귀한 체험을 주신 것에 감사했다. 더 깊은 사람이 되라는 하나님의 뜻이라고 나는 받아들였다. 그렇게 마음을 갈무리한 뒤 걸음을 재촉했다.

서명할 것인가 기도할 것인가

우리 교회에는 어르신들을 위한 주일학교 '샬롬부'가 있다. 주일 오후 1시에 만 65세 이상 어르신들이 모여 예배를 드린다. 나는 2016년부터 샬롬부에서 방송 담당으로 봉사하고 있다. 11시 주일 대예배를 드린 뒤 방송 준비를 위해 곧바로 샬롬부 예배실로 향한다. 대예배가 보통 12시 20분쯤 끝나기에 점심을 건너뛸 수밖에 없다.

샬롬부 봉사 첫해 2월 14일 주일이었다. 대예배를 마치고서 샬롬부 예배실로 직행하는 대신 대예배당 로비를 어슬렁거렸다. 로비를 오가는 교인들의 눈치를 10분쯤 살폈다. 그렇게 수상한 사람처럼 시간을 보내다가 샬롬부 예배실로 달려갔다. 허겁지겁 뛰어다니며 방송 장비를 챙겼다. 다행히 예배 시작 전에 준비를 마칠 수 있었다.

그런데 방송실에 앉아 예배 사역을 하는 동안 로비의 풍경이 자꾸만 아른거렸다. 게다가 9년 전 기억마저 파릇하게 되살아나 마음을 어지럽혔다.

그날 대예배당 로비에서는 서명 운동이 벌어졌다. 국가인권위원회법 제2조 3항 개정 청원을 위한 서명 운동이었다. 2016년 2월 3일 일부 개정한 국가인권위원회법의 제2조 3항은 '평등권 침해의 차별 행위'의 관한 정의다. 제2조 3항은 "합리적인 이유 없이" 성별, 나이, 장애, 사회적 신분, 출신 지역, 사상 등을 이유로 고용, 재화와 용역의 이용, 교육 시설이나 직업훈련 기관에서의 교육·훈련 따위와 관련해 "불리하게 대우하는 행위"를 차별행위로 규정한다. 문제는 이 '차별행위'에 '성적지향'이 포함된다는 점이다. 특히 기독교가 문제 삼으며 반발했다. 2020년인 지금도 반발은 현재진행형이다.

'성적지향'이라는 문구는 동성애자를 비롯한 성소수자들을 보호하는 법적 울타리다. 기독교는 이 울타리에 막혀 동성애 반대는 물론 건강한 비판의 목소리조차 낼 수 없다며 볼멘소리를 한다. 국가인권위원회법이 형법처럼 법적 구속력이 있는, 즉 철옹성처럼 견고한 울타리가 아닌데도 말이다.

한편 2015년 통계청 종교 분포 조사에 따르면, 우리나라 기독교인(개신교인)은 약 968만 명에 이른다. 10년에 한 번씩 실시하는 이 조사에서 기독교는 신도 수가 가장 많은 종교로 등극했다. 신도 수 약 762만 명인 불교와 자리바꿈하며 최초로 1위에 오른 것이다. 어쩌면 '성적지향'에 대한 불만은 거대 종교라는 교만에서 잉태된 것인지도 모르겠다. 동성애가 허락되는 국가는 기독교의 교리가 부정되는 국가다. 대한민국이 기독교의 교리를 부정하는 국가가 되는 것은 기독교에게 대한민국 사회에서 영향력을 잃을 수 있다는 위기감을 안긴다. 거대 종교로서 참 모양 빠지는 일이니, 불만을 품을 법도 하다. 이에 관해서는 글을 이어가며 차차 더 다루고자 한다.

우리 교회가 속한 대한예수교장로회 통합 교단도 '불만 세력' 가운데 하나다. 즉 우리 교회의 개정 청원 서명 운동은 교회만의 단독 행동이 아니라 교단 차원의 단체 행동이었다.

개인적으로는 국가인권위원회법 제2조 3항에 '성적지향'이 포함되는 것에 큰 불만은 없다. 물론 나는 동성애를 받아들일 수 없다. '받아들일 수 없다'는 말은 '반대한다'는 말과는 그 결이 사뭇 다르다. 지난날 하룻밤 잠자리를 원했던 아저씨를 뿌리쳤듯이, 내게 동성애를 할 의사는 없다는 뜻이다. 그러나 동성애자들끼리의 사랑을 내가 막을 수는 없다는 소리다.

나는 대예배당 로비에서 몹시 망설였다. 서명부에 지체 없이 서명하는 교인들을 흘끔거리면서 동참해야 하지 않을까 고민했다. 하지만 9년 전 우연한 술친구였던 아저씨가 생각나 차마 서명 행렬에 합류할 수 없었다.

'나한테 동성애를 법으로 막을 권리가 있을까? 동성애자들도 사람인데, 그래서 사랑할 수 있는데, 꼭 법으로 막아야만 하나? 정말 그 길밖엔 없는 건지…….'

다른 길이 있을 것만 같았다. 내가 생각하는 그 길은 바로 기도다.

기독교의 법전이라 부를 수 있는 성경에서는 동성애를 단호히 죄로 규정한다. 그것도 반드시 죽임을 당하는 죄다. 동성애의 대가는 소름 돋을 만큼 무시무시하다.

> 누구든지 여인과 동침하듯 **남자와 동침하면** 둘 다 가증한 일을 행함인즉 반드시 죽일지니 자기의 피가 자기에게로 돌아가리라
>
> — 레위기 20장 13절, 개역개정판

도덕적 타락의 대명사인 소돔과 고모라는 불의 심판을 받았다. 멸망 원인 가운데 하나가 동성애라는 사실을 성경은 분명히 기록하고 있다.

> 소돔과 고모라와 그 이웃 도시들도 그들과 같은 행동으로 음란하며 **다른 육체**를 따라 가다가 영원한 불의 형벌을 받음으로 거울이 되었느니라
>
> — 유다서 1장 7절, 개역개정판

'다른 육체'란 바로 동성애를 일컫는다. "불의 형벌을 받음으로 거울이 되었"다는 것은 후세대를 위한 본보기로 불의 심판을 내렸다는 뜻이다. 하나님은 동성애가 성행하던 소돔과 고모라를 가차 없이 불살랐다.

사도 바울은 고린도 교회에 보내는 편지에 동성애의 죄성과 죗값을 똑똑히 적고 있다.

불의한 자가 하나님의 나라를 유업으로 받지 못할 줄을 알지 못하느
냐 미혹을 받지 말라 음행하는 자나 우상 숭배하는 자나 간음하는
자나 탐색하는 자나 **남색하는 자나**

- 고린도전서 6장 9절, 개역개정판

"하나님의 나라를 유업으로 받지 못"한다는 말은 대체로 구원을
받지 못한다는 의미로 풀이된다. '유업'을 영어 성경(《한영해설성경》아
가페출판사, 2002)에서는 'share몫'로 표기한다. 구원은 천국의 다른 이
름이며, 천국은 우리가 하나님께 받을 '몫'이다. 하지만 동성애자에
게는 아무런 몫이 돌아가지 않는다. 불의한 자이기 때문이다.

이 지점에서 질문이 생길 수 있다. '동성애는 진정 구원의 결격사
유인가?' 일단 예수를 구세주로 믿지 않는 사람의 경우라면 답은 정
해져 있다. 그가 동성애자건 이성애자건 무조건 탈락이다. 예수만이
오직 구원자라는 것은 기독교의 핵심 교리다. 나도 이를 굳게 믿는다.

문제는 크리스천이면서 동성애자인 경우다. 이와 같은 경우 명쾌
한 답을 내놓을 능력이 내겐 없다. 솔직히 동성애가 죄라고 믿지만,
기독교인에게 있어 구원 불가의 죄라는 주장에는 박수 치며 아멘 하
기 어렵다. 동성애와 구원의 문제에서만큼은 나는 회색분자다. 동성
애가 살인보다 혹은 살인만큼 무거운 죄가 확실하다면 구원 불가 편
에 딱 서겠지만, 현재로서는 참 난처하다.

기독교 안에서도 답은 분분하다. 인터넷에서 '동성애 구원'이라는
검색어만 입력해도 신학자, 목회자, 칼럼니스트 들의 다양한 의견과

마주친다. 판정을 내린다면, 정통 신학의 힘이 아직은 우세하므로 결격사유라는 쪽이 대세다. 한마디로 기독교는 동성애를 반대한다. 동성애는 구원의 불충분 조건이라는 것이 기독교의 교리다. 이 교리는 기독교인에게 강한 '구속력'을 갖는다. 현재로서는.

다행스럽게도 성경에서는 동성애자가 구원에 이를 수 있는 길을 안내하고 있다. 안내자는 동성애자를 호되게 꾸짖었던 바울이다.

> 너희 중에 이와 같은 자들이 있더니 주 예수 그리스도의 이름과 우리 하나님의 성령 안에서 씻음과 거룩함과 의롭다 하심을 받았느니라
>
> – 고린도전서 6장 11절, 개역개정판

바울이 가리키는 "너희"는 고린도 교회 성도들이다. 그 시절 고린도 교회 성도들 가운데 동성애를 비롯한 여러 죄악으로 인해 구원받지 못할 자들이 존재했다. 그러나 그들은 "예수 그리스도의 이름"으로 "씻음"을 받고 구원 자격을 얻었다. 회개를 통해서 이루어낸 성과다. 회개는 죄의 고리를 끊는 행위다. 따라서 동성애자에게 있어 회개란 동성애의 고리를 끊는 일이다.

고린도전서 6장 11절은 동성애자도 구원 받을 수 있다는 증거다. 그 증거의 말씀은 두 가지 의무를 주문한다. 예수 믿기와 동성애에서 벗어나기. 이미 예수를 믿고 있는 동성애자라면 한 가지 의무만 남을 것이다.

기독교에서 가장 무거운 죄는 하나님을 부인하는 것이다. 그 대가는 죽음이다. 지옥행이다. 악인에게도 비를 내리는 하나님은 당신의 자녀이자 피조물이 지옥불에 빠지는 것을 원치 않으신다. 크리스천들이 땅 끝까지 복음을 전파해 구원의 다리를 놓기를 바라신다. 교회는 그런 이유를 들며 전도를, 전도 대상자를 위한 기도를 강조한다. 독실한 기독교인일수록 전도 대상자를 위해 간절히 기도한다. 전도 대상자가 가족이나 친구처럼 가까운 사람이라면 기도의 목소리는 절로 커진다.

동성애자도 하나님의 자녀이자 피조물이다. 동성애자에게 믿음이 없다면 전도 대상자로 삼아야 마땅하다. 동성애라는 중죄를 저지른다는 이유로 멀리하고, 배척하고, 기도하지 않는다면 하나님 뜻을 거스르는 행동일 것이다. 복음을 받아들인 동성애자가 동성애의 굴레를 벗고 거듭나는 모습에 하나님은 기뻐하실 것이다.

어느 날 덜컥 '나'와 친한 교인이, 신앙의 둥지에서 함께 지내던 가족이 동성애자임을 고백한다면 어떤 기분이 들까? 아마도 충격이라는 감정이 가장 먼저 다가올 것이다. 어떤 이는 그 충격에 앓아누울지도 모른다. 그러나 충격이 누그러져 조금 정신이 든다면 대부분의 사람들은 기도하기 위해 무릎 꿇지 않을까 싶다. 누가 시키지 않아도 눈물로 기도할 것이다. 물론 연을 끊고 평생 척지고 살 수도 있겠지만. 어디까지나 선택은 본인의 몫이다. 다만 하나님께서 어떤 선택을 원하시는지 깊이 생각해볼 필요는 있다.

나는 한국 교회가 동성애자들을 부둥켜안고 기도해야 한다고 목소리를 높인다. 동성애에서 벗어나 구원에 이르게 해달라는 기도가 온 교회에 울려퍼지기를 소망한다. 당장 우리 교회가 동성애자들을 위해 뜨겁게 기도하는 모습을 살며시 그려본다. 상상만 해도 가슴이 뛴다.

2016년 2월 14일 주일, 나는 샬롬부 예배를 마친 뒤 방송실에 잠깐 머물러 있었다. 여느 때처럼 곧바로 장비 정리를 하지 않고 남몰래 짧은 기도를 드렸다.

'하나님, 동성애자들이 하나님 원하시는 사랑을 하며 살아가게 해주세요. 그들을 버리지 마세요. 저한테 접근했던 아저씨, 그 아저씨도 기억해 주세요.'

물론 그날 개정 청원 서명부에 서명한 교인들의 믿음과 소신에 딴지 걸 마음은 없다. 내겐 그럴 권한도, 자격도 없다. 교인들은 그저 자신의 믿음과 소신에 따라 행동한 것일 뿐, 부러 악행을 행한 것은 아니다. 교회와 기독교를 위해서 용기 있는 행동을 한 것이다. 다만, 당당히 서명부에 이름을 남길 그 용기를 기도에 썼으면 하는 아쉬움이 남는다. 누군가를 위해 기도하는 일은 사랑의 실천이다. 사랑에는 용기가 필요하다.

동성애자도 예수 믿고 회개하면 구원받을 수 있다. 그렇기에 한국 교회에 묻고 싶다. 동성애자의 회복과 구원을 바라며 특별 기도회라도 한번 열어본 적 있는지. 특별 기도회까지는 아니더라도 대예배 중에, 새벽기도회 중에, 수요예배나 철야기도회 시간에 동성애자를 위한 기도를 드린 적은 있는지. 드릴 마음은 없는지.

일일이 조사는 못해봤지만 동성애자의 구원을 두고 교회가 합심으로 기도했다는 이야기는 들어보지 못했다. 동성애 합법화 반대를 위한 기도를 했다는 소식은 자주 접했다. 동성애 없는 세상을 꿈꾼다면, 적어도 대한민국이 그런 나라가 되기를 바란다면, 온 교회 온 성도가 온 마음으로 기도하는 것이 나을지도 모른다. 어쩌면 서명 운동보다 기도 운동이 동성애를 뿌리 뽑는 지름길일 수도 있다. 전능하신 하나님께서 마음만 먹으면 단숨에 이루어질 수도 있는 일이다. 어디까지나 구원은 하나님의 영역이므로 함부로 말할 수는 없지만.

전능하신 하나님께서 아저씨를 위한 나의 기도에 어떤 응답을 주셨을지 자못 궁금하다. 아저씨를 변화시키셨을까 아니면 멸하셨을까. 더 깊이 들어가기가 솔직히 두렵다. 샬롬부 예배실에서 짧은 기도를 드린 것이 전부였다. 잊고 살았다. 돌이켜보면 아저씨와 함께한 시간이 봄날의 진달래처럼 생생한데도 잊고 지냈다. 쉼 없이, 간절히 기도하지 않은 것이 후회스럽다.

기독교의 차별할 권리

2018년 11월 11일 주일, 그 사이 11년 전 기억 속 주인공이 된 아저씨가 다시 한 번 소환됐다. 그날 우리 교회 대예배당 로비에서는 2년 만에 동성애 관련 서명 운동이 벌어졌다. 국가인권정책 기본계획의 독소조항 반대 의사를 모으기 위한 서명 운동이었다.

국가인권정책 기본계획은 정부가 각 분야의 주요 인권 개선안을 담아 세운 계획으로, 2007년 노무현 정부 시절부터 시행됐다. 계획은 5년 단위로 세워지며, 2017년에 제3차 국가인권정책 기본계획이 탄생했다. 기독교계는 이 계획에 일부 독소 조항이 있다며 정부에 수정 및 삭제를 요구했다.

기독교의 요구 가운데 동성애와 관련된 사항을 의인화 수법으로 전달한다.

<u>기독교 1</u> '양성평등'이란 단어를 '성평등'으로 바꾸면 안 됩니다. 성

평등은 생물학적 의미의 성sex에 사회적 의미의 성gender까지 아우르는 평등입니다. 남녀 외에 트랜스젠더 등도 포함하지요. 성평등과 양성평등은 의미가 확연히 다릅니다. '성평등'이란 단어로 인해 동성애, 동성혼이 합법화가 될까 봐 우려됩니다.

기독교 2 〈차별금지에 관한 기본법 제정 방안 마련〉 내용 전체를 삭제해야 합니다. 양성평등기본법, 아동복지법, 장애인차별금지법 등 차별금지에 관한 법률은 이미 충분히 마련되어 있는데, 왜 '포괄적 차별금지법(이하 차별금지법)'이 필요합니까? 차별금지법을 제정한 해외 여러 나라에서는 표현의 자유, 양심의 자유, 종교의 자유 등 기본권에 대한 침해가 일어난다는데, 우리나라도 동성애 반대 설교를 하는 일조차 금지되는 것은 아닙니까?

CBS 노컷뉴스의 2018년 8월 7일 자 기사 〈국가인권정책 기본계획의 오해와 진실〉에 따르면, 한국기독교총연합회(이하 한기총) 등 보수 기독교 단체는 혈서까지 쓰며 극단적으로 반대 의사를 표출했다고 한다.

또한 해당 기사에서는 기독교의 우려와 반발이 다소 과장된 면이 있다는 법조인들의 견해를 전한다. 법조인들은 국가인권정책 기본계획이 동성애와 동성결혼 합법화로 이어진다는 기독교의 주장은 성급한 비약이라는 취지로 분석한다. 더불어 차별금지법이 동성애 반대를 비롯한 특정 설교를 하는 것을 금하는 법이 아니라고 설명한다.

그러면서 그동안 발의됐던 모든 차별금지법안들에 그와 같은 내용이 담겨 있지 않다는 사실, 차별금지법을 시행하는 외국에서도 설교 내용을 제한하지 않는다는 사실을 근거로 든다.

2020년 현재 우리나라에는 성별, 아동, 장애 등에 관한 '개별적 차별금지법'만 있을 뿐 모든 형태의 차별을 금지하는 '포괄적 차별금지법'은 없다. 2007년부터 2013년까지 수차례 법안이 발의되었으나 번번이 물거품이 됐다. 기독교의 입김이 상당한 영향력을 미쳤다.

22개 주요 교단장 모임인 한국교회교단장회의. 교계 권위 있는 이 단체는 2016년 8월 1일 기자회견을 열어 국가인권정책 기본계획의 국무회의 통과를 반대했다. 반대 이유는 독소조항이었다. 한국교회 교단장회의가 기자회견까지 열었다는 것은 그만큼 한국 교회가 술렁였다는 증거다.

우리 교회가 속한 대한예수교장로회 통합 교단의 장長도 기자회견에 참여했다. 2018년 11월 11일의 서명 운동은 2년 전 그날처럼 교계의 대대적 행사 중 하나였던 것이다. 그러나 나는, 2년 전 그날처럼, 대예배당 로비를 서성이며 서명 행렬을 살피지 않았다. 곧바로 살롬부 예배실로 가서 태연하게 방송 준비를 했다. 충실하게 예배 사역을 완수했다. 서명 운동에 불참한 것은 그때와 같은 이유였다.

살롬부 예배를 드리는 도중 술친구 아저씨가 떠올랐다. 아저씨가 잠자리를 제의하며 던진 충격적인 말들도 되살아났다. 하지만 아저씨를 위한 기도는 드리지 않았다. 사실 기도를 안 드렸다기보다는 기도가 안 나왔다. 앞 꼭지 글꼬리에서 밝힌 이유 때문이다. 어쩌면 아저씨가 멸함을 당했을지도 모른다는 두려움이 기도의 숨길을 막았다.

샬롬부 예배가 끝나고 예배실을 빠져나가는 어르신들에게 무심코 눈길이 갔다. 방송실 안에서 한 분 한 분 눈으로 좇았다. 문득 '엉뚱한' 생각이 들었다.

'저분들 중에 동성애자나 양성애자가 계실까? 만약 계시다면, 그동안 얼마나 힘드셨을까? 여생은 또 어떻게 보내실지…….'

차별금지법은 여러 번 씨 뿌려졌다. 그러나 열매는커녕 싹조차 틔워보지 못했다. 이 가엾은 차별금지법은 어린아이처럼 단순하다. 누구든 "합리적 이유 없이" 차별받지 않도록 보호하자는 법이다. '합리적 이유' 역시 그리 복잡한 말은 아니다. 두 아이 중 한 명에게 못생겼다는 이유로 빵을 한쪽 적게 준다면 '합리적 이유'에 어긋난다. 그러나 '합리적 이유'에 대해서는 얼마든지 의견충돌이 생길 수 있다. 의견이 맞설 경우 법정에서 옳고 그름을 가릴 수 있다.

차별금지법의 역사는 2002년으로 거슬러 올라간다. 당시 대선 후보였던 노무현 전 대통령은 차별금지법 제정을 공약으로 내걸었다. 이후 2007년 10월 2일 법무부가 차별금지법 제정안 입법을 예고했다.

<u>법무부</u> 많은 국민들이 성별, 장애, 혼인 여부, 인종, 학력, 병력, 출신 국가, 종교, 용모, 고용형태, 성적지향 등 20가지 사유에 의해 차

별받지 않는 평등한 세상을 원하고 있습니다. 그런 세상을 만들기 위해 차별금지법 제정안을 입법하겠습니다.

그러자 곧바로 기독교에서 들고 일어났다.

기독교 1　동성애를 옹호하는 '성적지향' 항목이 포함되는 것에 반대합니다. 우리가 남자 며느리를 맞아야 합니까?

기독교 2　차별금지법은 소수자인 동성애자를 보호한다는 명목 아래 다수자를 역차별하는 악법입니다.

이어서 재계도 나섰다.

재계　학력, 병력 등에 따른 차별을 금지하면 기업 운영에 제약을 받을 수 있습니다.

반대에 더 열을 올린 쪽은 기독교였다. 보편적으로 '보수 기독교계', '보수 개신교 단체', '보수 기독교 세력' 따위로 표현하는 그 기독교다. '기독교'는 본디 천주교, 성공회, 정교회, 개신교를 아우르는 명칭이다. 예수 그리스도를 구세주로 믿는 종교의 통칭이다. 다만 우리나라에서는 주로 개신교를 기독교라 부른다.

그렇다면 왜 차별금지법을 반대하는 기독교계에 '보수'라는 두 글자를 붙일까?

어쩐지 한국 기독교계에서는 어떤 정치계에 친화적인지의 여부로 보수와 진보를 가르는 느낌이다. 문재인 퇴진 범국민투쟁본부를 이끄는 한기총은 딱 알맞은 예다. 한기총은 자타가 공인하는 보수 기독교 단체다. 대대로 보수 정치계와 같은 노선을 걸어왔다.

최초 차별금지법을 추진한 노무현 정부나 이후 법안 발의에 힘쓴 사람들은 모두 진보 정치계다. 정치판에서는 차별금지법을 두고 보수와 진보가 갈린다. 보수 정치계는 대체로 차별금지법을 반대한다. 거대 종교인 기독교를 주름잡고 있는 보수 기독교계의 '표'를 무시할 수 없어서다. 보수 기독교계는 자신들과 의사가 같은 보수 정치계를 지지한다. 한국 사회에 영향력을 행사하는 데 유리하기 때문이다. 둘은 오랜 세월 그런 방식으로 공생해왔다. 제3장 〈좌파를 위한 우파의 기도〉에서 그 공생의 역사를 따라갈 것이다.

2007년 12월 12일, 법무부는 성적지향, 학력, 병력 등 7개 항목을 삭제한 채 차별금지법안을 발의했다. 그러나 제17대 국회 임기 만료로 자동 폐기됐다. 18대 국회에서는 민주노동당 권영길 의원이, 19대 국회에서는 통합진보당 김재연 의원이 주도해 법안을 발의했지만 역시 국회 임기 만료와 함께 사장됐다. 이후 김한길 민주통합당 의원과 최원식 의원이 2013년 2월 각각 '차별금지에 관한 기본법'과 '차별금지법' 법안을 발의했지만, 두 사람 모두 4월 본회의에서 스스로 철회했다. 이것이 마지막이었다. 20대 국회에서 차별금지법 제정은 회의 탁자에도 오르지 못했다.

이 모든 과정의 배후에 보수 기독교계가 버티고 있었다. 보수 기독교계는 기자회견, 서명 운동 등을 통해 적극적으로 반대 의사를 표출했다. 김한길 의원과 최원식 의원은 법안 발의 후 일부 기독교 단체에게 집단 협박과 항의 전화를 받았다는 기록을 글로 남겼다. 한 종교사회학 연구자는 에스더기도운동본부라는 보수 기독교 단체를 명시하며 그들의 격한 반대 운동 활약상을 증언했다. 해당 연구자는 국회가 기독교의 반대에 꼬리를 내리는 원인을 분석하기도 했다. 그 원인은 '표'였다. 엄청난 유권자를 보유한 기독교의 힘이 법을 만드는 데도 작용한다는 것이다.

기독교의 힘은 정말 세다. 2017년 당시 대선 후보였던 문재인 대통령도 기독교의 눈치를 보느라 차별금지법 제정에서 한 걸음 물러설 정도였다. 문재인 후보는 "동성애를 합법화할 생각은 없지만 차별은 반대한다"라는 중성中性적인 말을 남기며 약한 모습을 보였다.

기독교의 힘이 강하다는 것을 최근 자유한국당이 증명해주기도 했다. 자유한국당 안상수 의원은 2019년 11월 21일 '국가인권위원회법 일부 개정 법률안'을 대표 발의했다. 개정안은 크게 두 가지다. '성별'은 '개인이 자유롭게 선택할 수 없는 것'으로 정의하자는 것, '성적지향'은 차별행위에서 삭제하자는 것. 제2조 3항을 수술대에 올린 것이다. 기독교계 방송인 CTS가 11월 26일 이를 톱뉴스로 보도했다. 〈CTS 뉴스〉에서는 '동성애 동성혼 개헌반대 국민연합' 소속 교수와 어느 법조인의 전화 인터뷰를 내보냈다. 교수는 해당 개정안이 동성애 옹호의 뿌리를 뒤흔드는 의미 있는 개정안이라는 의견을 전했다. 법조인은 '성별'의 개인 선택을 금하자는 개정안은 남녀 외에 제3의 성이 생겨나는 일을 막는 장치가 될 수 있다고 평가했다.

기독교의 입맛에 딱 맞는 개정안인 셈이다. 안상수 의원 스스로도 이를 고백하고 있다. 그는 11월 19일 법안 취지를 설명하는 기자회견에서 목회자가 동성애 반대 설교를 해도 사법처리 되는 것이 현실이라고 주장했다. 물론 사실이 아니다.

한 가지 재미있는 점은 더불어민주당 의원 2명도 40명의 공동발의자 명단에 끼어 있었다는 사실이다. 두 의원은 비판이 부담스러웠는지 철회 의사를 밝혔다.

2020년 5월 30일에 출범하는 제21대 국회에서는 차별금지법 제정이 이루어질까. 가망은 낮지만 기대는 걸고 싶다. 솔직히 기대가 크다. 코로나 정국이 기대감을 부추겼다.

겨울도 모자라 봄까지 짓눌러버린 코로나로 인해 많은 사람들이 잔뜩 움츠러들어야 했다. 그래도 5월을 맞이하며 조금씩 기지개를 켤 수 있었다. 늦봄에서야 화사한 봄날을 꿈꿀 수 있었다. 생활 방역이 실현되고 지역사회 감염자 수가 사흘 연속 0명을 기록하면서 코로나의 마지막이 엿보였기 때문이다. 그러나 이른바 '이태원 클럽 코로나'가 터지면서 그 희망은 봄꽃처럼 시들고 말았다. 봄은 다시 꿈처럼 아스라해졌다.

지난한 코로나와 사회적 거리 두기에 지친 국민들에게 미안했던 탓일까. 또다시 코로나의 찬바람을 몰고 왔다는 비난이 두려웠던 탓일까. 이태원 방문자로서 검사가 필요한 이들 가운데 많은 수가 자취를 감춰버렸다. 방역 당국은 그들과 연락이 닿지 않아 발을 동동 굴렀다. 국민들은 그 소식에 불안해했다. 그리고 의아해했다. 신천지 신도 외에는 대체로 협조적이었던 의심환자들이 왜 비협조적으로 나오는 것인지 고개를 갸우뚱했다. 때맞춰 그 의문을 풀어주려는 보도들이 쏟아져나왔다. 언론은, 확진자가 다닌 이태원 클럽들 중 다수가 성소수자를 위한 클럽이라고 했다. 우리의 질 높은 감염자 동선 추적 체계가 성소수자인 의심환자들을 강제로 커밍아웃시킬 위험이 있고, 그들은 그 후폭풍을 감당할 자신이 없어 숨은 것이라고 했다.

언론의 진단이 정확한지는 좀 더 두고 볼 필요가 있다. 완전히 빗나간 오진이 아닌 것만은 분명한 듯하다. 언론의 진단 이후 성소수자를 혐오하는 대중의 목소리와 이를 우려하는 성소수자 단체의 목소리가 나란히 나왔다. 정부는 성소수자들이 검사를 기피할까 봐 이태원 방문자들에 대해 익명 검사를 실시하기로 했다. 이런 일들은 언론의 주장을 뒷받침하기에 충분하다.

하지만 언론의 진단 태도는 분명히 짚고 넘어갈 필요가 있다. 태도가 바람직하지 못했다. 애초 그들은 '게이 클럽', '동성애자', '찜방(남성 성소수자들이 은밀한 만남을 갖는 공간)' 같은 낱말을 헤드라인에 버젓이 내세운, 자극적이고 선정적인 기사들만 토해냈다. 그 결과 성소수자에 대한 차별과 혐오를 불러일으켰다. 성소수자들을 더 숨게 만들었다. 이태원 클럽에서 코로나가 발병한 원인을 사회적 거리 두기의 미이행이 아닌 동성애로 둔갑시켰다. 그렇게 세상을 어지럽혀 놓고는, 언론을 향한 비판과 우려의 시선이 모이자 슬그머니 성소수자의 강제 아웃팅을 걱정하는 체했다. 병 주고 약 주는, 간사한 모습을 보인 것이다.

공교롭게도 이 그릇된 진단 행위에 앞장선 장본인은 기독교 언론인 국민일보였다. 국민일보가 5월 7일 〈단독-이태원 게이 클럽에 코로나19 확진자 다녀갔다〉라는 '단독' 보도를 내면서 다수 언론들을 불끈하게 만든 것이다. 스스로를 "복음을 실은 국내 유일의 종합일간지"라 소개하는 국민일보는 어떤 의도로 이런 보도 행태를 보인 것일까. 동성애자를 코로나와 엮어 궁지에 몰아넣고 차별금지법 반대 분위기를 조성하고 싶었던 것일까. 분명한 것은 국민일보의 해당 보도가 복음과는 거리가 멀다는 사실이다.

나는 일련의 상황을 지켜보면서 이런 생각에 젖었다.

'차별금지법이 있었으면 어땠을까?'

물론 크게 달라지지는 않았을 것이다. 폭력을 금지하는 법의 힘으로 우리 사회에서 폭력을 완전히 몰아내지 못한 것처럼 말이다. 같은 이유로, 성소수자를 향한 오래된 차별 의식이 차별금지법 하나로 깨끗이 사라지기는 어려울 것이다. 그래도 차별금지법이 있었다면, 지금보다는, 손톱만큼은 낫지 않았을까. 최소한 검사를 기피하는 사람이 '지금보다는' 적었을 것이다. 성소수자들이 은밀하게 모이는 만남과 장소가 '지금보다는' 적었을지도 모른다. 원래 은밀함은 병을 더 크게 키우는 법이다.

자연스럽게 나의 생각은 기독교로 향했다. 차별금지법을 반대해 온 그들에게 이태원 클럽 코로나 사건에 책임을 지우고 싶었다. 그

크기를 측량하기는 어렵지만 책임이 있는 것만은 분명했다. 기독교가 이에 동의할까 생각하면서 나는 기도했다. 21대 국회에서 차별금지법이 논의된다면, 제발 반대하지 않기를.

종교계에서 오직 기독교만 동성애를 반대하고, 이를 빌미로 차별금지법을 반대하는 것은 아니다. 천주교와 불교에도 반대의 목소리는 분명 있다. 그러나 중심은 역시 기독교다. 단적인 예로, 해마다 퀴어 축제와 나란히 열리고 있는 '동성애 퀴어 축제 반대 국민대회'를 들 수 있다. 이름처럼, 퀴어 축제의 맞불 집회 성격을 띠는 이 대회는 세 종교가 모두 참여한다. 종교와 무관한 시민단체들도 동참한다. 2016년 대회에서 주최 측 추산 3만 명이 모였을 정도로 규모가 큰 대회다. 주최 측이란 보수 기독교다. 주최자로서 모범을 보이려는 것인지 언제나 기독교의 참가 규모가 단연 으뜸이라고 한다.

차별금지법은 동성애자와 같은 성소수자만을 위한 법이 아니다. 국민 모두를 위한 법이다. 그런데 마치 성소수자를 위한 법으로만 읽히는 경향이 짙다. '성적지향'에만 몰두한 기독교 탓이다. '성적지향'에 전심을 다한 결과 기독교는 목적을 이루었다. 권리의 열매를 맺었다. 대신 평등의 씨앗을 밟아버렸다.

차별금지법은 동성애를 조장하는 법도 결코 아니다. 국가인권위원회 혐오 표현 연구 책임자 홍성수 교수에 의하면, 차별금지법을 만든 뒤 동성애자 수가 늘었다는 결과표를 받아든 나라는 없다고 한다.

기독교는 차별금지법이 동성애와 동성혼의 합법화를 꾀하는 법이라고 주장한다. 그런 생각은 전적으로 오해다. 동성애와 동성혼 합법화는 별개로 논의할, 별개의 법이 필요한 사항이다.

차별금지법은 그저 차별하지 말자는 법이다. 성소수자도 마음 편하게 직장에 다닐 수 있게 돕자는, '외주의 위험화'에 떠밀려 사망한 김용균 씨와 같은 노동자가 생기는 일을 막자는 법이다. 동성애 반대 설교를 하는 목사를 처벌하지 말자는 법이다.

만약 목사가 거리에 나가 불순한 목적의 선동성 발언을 했다면 법에 어긋나는지 따져볼 필요는 있다. 그렇지만 교회 안팎에서 신앙심에 따라 던진 설교 수준의 말은 전혀 문제되지 않는다. 많은 목사들이 걱정하는 형사 처벌은 뜬소문에 불과하다. 법조인들은 지금껏 발의된 차별금지법안에 형사 처벌에 관한 조항은 없다고 한다. 민사적 책임만 묻는다고 한다.

차별금지법을 만들려는 자와 막으려는 자. 둘이 제각각 계산기를 두드리고 있는 사이 누군가는 차별로 인해 고통받고 있다. 우리 사회에 차별이 만연하다는 것은 대다수가 공감하는 현실이다. 차별받는 사람들이 차별금지법을 바라고 있다. 그러므로 정치권과 기독교가 좀 더 열린 마음으로 대화에 힘쓰는 것이 바람직하다. 부지런한 소통이 필요하다.

정치권과 기독교의 대화와 소통이 중요하다는 주장을 뒷받침하는 사례가 새해 입새에 일어났다. 2020년 1월 20일 경기 고양시 사랑누리교회에서 '차별금지법'을 주제로 토론회가 열렸다. 지역 목사, 의·

약학 관계자, 군인권 관계자 등이 모인 자리에 한 사람이 더 있었다. 정의당 심상정 의원이었다. 차별금지법 제정을 당론으로 내세운 정의당이기에 심상정 의원은 토론회장에 모인 사람들의 눈길을 끌었다.

기독교 언론인 기독일보, 크리스천투데이, 뉴스앤조이, 그리고 보수 언론인 한국경제 등에서 토론회에서 오고간 이야기를 보도했다. 동성애 옹호로 인한 에이즈 확산, 군대 내 에이즈 감염으로 인한 의가사 제대 증가, 차별금지법으로 크리스천들이 억울하게 피해를 당하는 영국의 사례 등 다양한 이야기가 쏟아졌다. 심상정 의원은 본인도 가톨릭 신자로서 고민은 있지만 인간의 기본권을 보장하는 차별금지법은 필요하다는 주장을 내놨다. 에이즈 확산은 당연히 막아야 하지만, 차별금지법을 반대하는 이유로 들기에는 보편적 사례가 부족하다는 의견도 덧붙였다.

목사들과도 진지하게 이야기를 주고받았다. 목사들의 관심사는 여전히 '성적지향'이었다. 한 목사가 '성적지향'을 차별금지법에서 뺄 수 있는지 물었다. 심상정 의원은 '성적지향'을 넣는 것이 국가인권위원회의 권고이지만, 당 내에서 검토한 뒤 목사들과 다시 대화하겠다며 부드럽게 넘어갔다.

동성애 반대 설교를 하면 처벌받는 것이냐는 물음에는 차별금지법은 기독교가 동성애를 비판할 수 있는 종교적 신념도 보장하는 법이라고 설명했다. 그러면서 2013년 마지막으로 발의된 차별금지법안을 근거로 내세웠다. 그 법안에는 교육기관과 공공기관의 경우 차별 발언을 하면 처벌받는다는 내용은 있지만, 종교기관은 없다고 했다.

청중 가운데 한 명이 다음과 같은 질문을 던졌다. 그는 목사였다.

"(목사가) 차별금지법을 어기면 처벌받습니까?"

그러자 사회자가 그 청중에게 원하는 질문이 무엇인지 분명하게 해달라고 요구했다. 청중은 다시 한 번 똑같은 말을 반복했다. 그제야 심상정 의원은 대답했다.

"처벌받죠."

목사가 차별금지법을 어기면 처벌받느냐는 질문에 심상정 의원은 그렇다고 대답했다. 당연한 대답이었다. 법을 어기면 처벌받는 대상에서 목사는 물론 목사 할아버지도 예외일 수 없다. 국회의원도, 대통령도 마찬가지다.

그런데 이상한 일이 일어났다. 기독일보, 크리스천투데이, 한국경제에 비슷한 내용의 기사가 실린 것이다. 세 언론은 한목소리로 "목사가 차별금지법에 반하는 설교를 하면 처벌받는가?"라는 질문에 심상정 의원이 "처벌받을 것"이라 답했다고 전했다.

바르게 전달한 언론은 뉴스앤조이뿐이었다. 이틀 뒤인 1월 22일 뉴스앤조이는 〈심상정 의원은 그렇게 말하지 않았다〉라는 기사에서 기독일보와 크리스천투데이의 오보를 비판했다. 비판 근거로 그날 토론회를 취재한 기자 자신의 녹취록을 풀었다.

기독일보와 크리스천투데이 데스크에서 뉴스앤조이의 기사를 읽은 것일까. 아니면 정의당 측에서 항의를 받은 것일까. 뉴스앤조이의 기사가 나온 지 몇 시간 뒤에 두 언론은 나란히 해당 기사를 삭제하고 정정 보도를 냈다. 정정 보도를 통해 심상정 의원과 독자들에게 사과를 표했다.

솔직히 나는 기독일보와 크리스천투데이의 의도가 의심스러웠다. 사과가 담긴 정정 보도를 보고도 의심을 풀지 못했다. 녹음 내용을 잘못 해석했다는 해명이 친절하게 적혀 있었지만 믿음이 안 갔다. 똑똑한 기자들이 녹음 내용 하나 바르게 해석하지 못했다는 것을 받아들이기 어려웠다. 어쨌든 정정 보도가 나왔다는 것은 그나마 다행이다. '심상정 의원이 동성애 반대 설교를 하면 처벌받는다고 말했다'는 헛소문이 이미 널리 퍼진 느낌이지만. 바른 소문이 더 널리 퍼지기를 기도할 뿐이다.

1월 30일에 인터넷을 확인한 결과 한국경제의 기사는 그대로 걸려 있었다. 사과나 정정 보도는 찾아보지 못했다. 한국경제 사장이나 해당 기자는 어떤 종교를 믿는 사람일까. 기독교인이 아니어도 당연히 그래야겠지만, 기독교인이라면 하루빨리 바로잡기를 바란다.

한 가지 짚고 넘어갈 사항은 에이즈다. 동성애는 분명 에이즈를 일으킨다. 따라서 이를 동성애 반대 이유로 꼽는 것은 타당하다. 그러나 차별금지법의 반대 이유로까지 확장하는 것은 심상정 의원의 견해처럼 좀 더 논의가 필요하다.

국가인권위원회법 일부 개정 법률안을 발의한 자유한국당 안상수 의원도 에이즈를 들고 나왔다. 그는 '성적지향'에 따른 차별을 금지하는 현행법으로 인해 '세계적으로 유례없이' 우리나라에 에이즈가 급증했다는 주장을 펼쳤다. 그것이 개정 법률안을 제안한 이유 중 하나라고 했다.

KBS 뉴스 〈팩트체크 K〉 코너에서 안상수 의원의 주장을 검증했다. KBS가 제시한 검증 자료는 질병관리본부의 '2018 HIV/AIDS 신고 현황 연보'. 그 자료에는 2010년부터 2018년까지 연도별 신규 HIV/AIDS 감염자 수가 기록되어 있었다. 기록에 따르면 우리나라는 2010년 대비 2018년에 신규 감염자 수가 27.9퍼센트 늘어난 것으로 나타났다. 얼핏 안상수 의원의 주장과 딱 들어맞는 대목이다. 그러나 2014년에 1,081명으로 정점을 찍은 수치는 이후 꾸준히 줄어드는 양상을 보였다. 2010년 773명으로 시작한 신규 감염자 수는 2018년 989명으로 갈무리 됐다.

또한 우리나라는 2017년 기준 에이즈 환자가 인구 10만 명당 0.3명인 것으로 보고됐다. OECD 국가들의 평균 에이즈 환자 수는 1.5명으로 우리나라보다 한참 많았다. 이것이 현실이다. 눈앞의 현실에 눈감은 채 '세계적으로 유례없이' 신규 에이즈 감염자가 늘었다고 단정하는 것은 좀 곤란하다.

질서를 무너뜨리는 자

　동성애 성향은 선천적인가 후천적인가. 동성애 지지자들과 반대자들의 해묵은, 그러나 언제나 뜨거운 논쟁거리다. 선천적이라는 주장을 믿는 쪽은 대체로 지지자들이다. 반대자들은 주로 후천적이라는 주장에 손을 들어준다. 여하튼 동성애 성향이 선천적인지 후천적인지는 여전히 똑 부러지게 결론 내리기 어렵다고 한다.

　1993년 권위 있는 국제학술지 〈사이언스〉에 미국국립보건원NIH 딘 해머 박사의 논문이 실렸다. 동성애자와 그 형제 38쌍의 유전자를 분석한 결과 '동성애 유전자'를 발견했다는 논문이었다. 딘 해머 박사의 논문은 동성애 성향이 선천적이라는 주장에 상당한 힘을 실어줬다.

　그러나 2019년 8월 29일, 해머 박사의 주장을 반박하는 논문이 역시 〈사이언스〉에 실렸다. 미국 하버드 대학과 매사추세츠 공대가 중심이 된 국제공동연구진은 47만 명 이상의 유전체를 분석했지만 동성애 유전자는 발견할 수 없었다고 발표했다. 이 논문은 동성애 반대자들의 환호를 받았다.

찬반 양쪽이 한 방씩 주고받은 모양새다. 그러나 승부의 추가 어느 한쪽으로 기울었다고 단언하기는 어렵다.

기린, 펭귄, 원숭이, 돌고래 같은 동물들도 동성애를 나눈다. 동물들이 동성애를 하는 이유는 아직 명확하게 밝혀지지 않았다. 동성애 지지자들은 동물들의 동성애를 선천성의 근거로 들기도 한다. 동물에게도 나타나는 동성애가 결코 자연 이치에 반하지 않는다는 것이다. 그런 시각으로 본다면 검은머리물떼새는 자연 이치에 반하는 동물이다. 검은머리물떼새는 세력 다툼으로 스트레스가 심해지면 동성애 경향을 보인다. 이 반항적인(?) 새들에게는 동성애가 후천성인 셈이다.

한편 정신의학계에서는 동성애가 선천적일 수도, 후천적일 수도 있다고 설명한다. 동성애 성향을 갖고 태어났다 해도 성장 환경에 따라 장차 동성애자가 될 수도, 안 될 수도 있다는 이야기다. 이처럼 옥신각신하는 상황에서 동성애 성향이 선천적이냐 후천적이냐 판가름하기는 거의 불가능해 보인다.

그러나 기독교는 '답정너'다. 기독교의 결론은 고정불변이다. 그 결론이란, 후천성이다.

하나님이 자기 형상 곧 하나님의 형상대로 사람을 창조하시되 남자와 여자를 창조하시고

- 창세기 1장 27절, 개역개정판

하나님은 당신의 형상대로 '남자와 여자만' 창조하셨다. 두 가지 성 외에 제3의 성은 창조하지 않으셨다. 여기서 제3의 성이란 한 개인이 성적 지향에 따라 선택한 성을 가리킨다.

이러므로 남자가 부모를 떠나 그의 아내와 합하여 둘이 한 몸을 이룰지로다

- 창세기 2장 24절, 개역개정판

하나님은 남자와 여자가 결혼해서 부부가 되라고 명하셨다. 동성혼을 하라는 말씀은 하지 않으셨다. 남자와 여자, 그리고 이성혼. 이것이 하나님의 창조 질서다. 동성애자는 하나님의 창조 질서를 어지럽히는 존재다.

기독교에서는 동성애를 타락한 인간의 한 모습으로 여긴다. 하나님은 인간을 이성애자로 만들었는데, 그 인간이 타락해서 동성애자의 삶을 산다는 것이다. 그러므로 동성애 성향은 후천적이라는 것이다. 기독교의 시각에서 동성애는 제3의 성들이 벌이는 한갓 변태 짓일 따름이다. 동성애자는 절대의지가 아닌 자유의지로 가증한 짓을 하는 죄인이다.

그런데 제3의 성에는 간성間性도 포함된다. 간성이란 한 몸에 남성과 여성의 신체 및 유전적 특징을 모두 지닌 사람이다. 기독교에서

간성에 대해 어떤 공식 입장을 가지고 있는지는 잘 모르겠다. 분명한 것은 간성도 사람이고, 하나님의 창조물이라는 점이다. 부처님이나 염라대왕이 만들었을 리는 없다. 스스로 태어난 것은 더더욱 아닐 것이다. 그러므로 하나님이 남자와 여자만 창조했다는 기독교의 논리는 출발부터가 오류인 것이다.

동성애자는 하나님의 실패작이라는 우스갯소리도 떠돈다. 나는 이 농담이 고등학교 시절의 책가방처럼 무겁다. 나를 비롯한 '다수'의 이성애자는 하나님의 성공작인가. 그래서 죄 없이, 흠 없이 성공적으로 살고 있는가.

'동성애가 후천적'이므로 기독교인들은 각별히 몸조심하는 편이 좋을 것이다. 본인이 언젠가 동성애자라는 죄인이 되지 않으리라 어찌 장담할 수 있겠는가. 인간은 죄에 빠지기 쉬운 나약한 존재다. 기독교인들은 다 안다. 그래서 죄에 빠지지 않게 해달라고 틈만 나면 기도한다. 독실한 신자일수록 기도에 더 열심이다. 모순이다. 믿음이 깊어지면 죄에 빠질 수 있다는 두려움도 함께 깊어지는 모양이다.

동성애자가 다수가 되는 세상이 오면 어떨까 궁금하다. 그들이 당한 것만큼 이성애자들에게 되갚는다 해도 나는 할 말이 없다. 이성애를 옹호하는 차별금지법을 만들어 달라는 말을 꺼내기조차 민망하다. 하지만 그런 세상은 절대 오지 않을 것이다. 하나님께서 당신의 창조 질서가 망가지는 일을 보고만 계시지는 않을 테니까. 기독교인들은 이를 잘 알기에 성소수자들 앞에서 한없이 콧대를 높이는 것이다.

2020년 1월 6일, 한국교회총연합(이하 한교총)이 110만 명의 서명이 담긴 서명부를 청와대에 전달했다고 한다. 그 서명부는 차별금지법 제정을 반대하는 서명 운동의 산물이다. 국가인권위원회법 제2조 3항에서 '성적지향'을 빼달라는 요구도 담겨 있다.

110만 명. 어마어마한 수다. 전체 기독교인의 10퍼센트에 달하는 사람이 서명을 했다는 사실이 놀랍다. 그들이 한마음으로 기도했다면 정말 놀라운 일이 일어나지 않았을까. 홍해가 갈라지듯 한강이 갈라졌을지도 모른다.

기독교인은 술을 마시면 안 될까?

일단 나는 술을 마신다. 평균 열흘에 한 번 정도. 한 번 마실 때 주량은 막걸리 한 병 내지 맥주 1,500cc. 열에 아홉은 집에서 아이들이 잠든 뒤 혼자 마신다. 남은 한 번은 친구, 또는 업무상 술자리다. 술 마시는 것 자체에 별 거리낌은 없다. 단, 많이 마시는 것, 자주 마시는 것은 경계한다. 아무래도 술을 마시면 이성이 흐려져서 자칫 실수나 잘못을 저지를 가능성이 높아지기 때문이다.

나처럼 술 마시는 기독교인들이 단골로 대는 핑계는 에베소서 5장 18절이다. 그 말씀에서는 "술 취하지 말라"고만 하지 아예 입에도 대지 말라고는 안 한다. 그런 이유로 음주를 아디아포라Adiaphora의 범주에 넣기도 한다. '아디아포라'란 성경에서 명하지도 그렇다고 금하지도 않은 행동을 가리키는 헬라어다. 아디아포라는 선악, 구원 같은 기독교의 본질을 훼손하는 문제와는 큰 관련이 없다. 안 하면 좋지만, 해도 중대한 죄는 아닌 행동일 뿐이다.

사실 술은 음식의 일종이므로 술 자체는 깨끗하다. 예수님도 마가복음 7장에서 먹는 음식이 더러운 것이 아니라 탐욕, 방탕, 살인, 교만 등으로 얼룩진 사람의 마음이 더러운 것이라고 가르치셨다. 실제로 유대 문화에서 포도주 같은 과일주는 식수, 즉 음식이었다. 메마른 땅 팔레스타인에서는 늘 마실 물이 부족했기에 과일을 발효시켜 얻은 '물'을 마셨다. 하지만 많이 마시면 '술'이 되고, 취하면 사고를 칠 수 있기 때문에 조심할 필요가 있었다. 어쨌든 성경은 술을 권장하지는 않는다. 에베소서 5장 18절에서도 술에 취하는 것은 방탕한 행동이라고 말한다.

어떤 교인이 목사님에게 찾아와 심각한 얼굴로 물었다.

"목사님, 도저히 술을 못 끊겠습니다. 근데 술 마시면 천국에 못 갑니까?"

목사님이 인자한 얼굴로 대답했다.

"그럴 리가요. 더 빨리 천국에 갈 수 있습니다."

실화인지 확인이 불가능한 이야기다. 아무튼 목사님의 답변은 정말 익살맞다. 그런데 그 익살 속에 심오한 의미가 담긴 듯하다. 내가 건져올린 의미는 다음과 같다.

천국에 못 갈까 봐 걱정이라면 술은 안 마시는 게 낫다.

chapter 3

좌파를 위한 우파의 기도

2020년 2월 22일까지의 기록

우리나라가 위태로운 이유

번쩍 눈이 뜨였다. 대표기도자 장로님은 여전히 강대에서 기도 중이었다. 둘레 사람들은 모두 눈을 감은 채였다. 평소 대예배 시간과 다를 바 없는 분위기였다. 동요를 일으킨 사람은 나 혼자뿐인 듯했다.

'분명히 장로님이 좌익 때문에 나라가 위태롭다고 했는데⋯⋯.'

귀를 의심하는 사이 장로님이 기도를 마치고 강대에서 내려갔다. 찬양대가 기도송을 불렀다. 기도송 뒤 목사님 설교가 시작됐다. 설교가 귀에 하나도 안 들어왔다. 도무지 예배에 집중할 수 없었다. 그날 나의 예배는 폭삭 망했다.

사흘 뒤, '2019년 11월 24일 예배 영상'을 통해 장로님의 기도를 확인했다. 우리 교회는 11시 대예배 실황을 유튜브에 올린다.

"하나님, 이 나라 이 민족을 지켜 주시옵소서. 우리 국민들은 모두가 한결같이 사회와 경제가 안정적인, 평안 가운데 살기를 원합니다. **그러나 지금 이 나라는 권력의 실세들과 좌익과 안티들에 의해 위태**

롭고 혼란스러운 지경입니다. 대통령이 바로 서고 정치인들이 진정으로 이 나라의 부흥만을 위해 공의와 정의로 국정을 돌아볼 수 있도록, 주님, 강권적으로 간섭하여 주시옵소서."

역시, 내가 잘못 들은 것이 아니었다.

그런데 왜 스스로를 의심했을까? 사흘 전 예배 시간, '좌익'이라는 단어를 똑똑히 들었는데 말이다. '좌익'이 튀어나오기 직전까지 전혀 그런 낌새가 안 보였기 때문이다. '권력의 실세들과'까지도 별 이상 징후는 없었다. '좌익'은 마른하늘의 날벼락처럼 기도하던 내 머리에 떨어진 것이다.

기도의 머리 부분, 즉 하나님께 나라와 국민의 평안을 구하는 기도는 우리 교회 많은 대표기도자들이 종종 올리는 기도다. 때문에 나는 그다음에 이어질 기도에 손톱만큼도 대비를 못했다. 꼬리 부분도 일상적인 기도였다. 대통령과 정치인들이 바른 길을 걷게 해달라는 기도 역시 대표기도자들의 단골 멘트였다. 이 식상한 멘트에 '좌익'으로부터 받은 충격이 스르르 힘을 잃은 것이다.

장로님은 고단수다. 살살 간지럽히다가 바늘로 콕 찌른 다음 재빨리 어루만지는 전술을 펼치다니! 촉을 팽팽하게 세우고 있지 않았더라면, 정말 아픈 줄도 모르고 지나칠 뻔했다. 아무래도 그날 많은 교인들이 장로님의 전술에 휘말린 것 같다. 평소처럼 평온했던 걸 보면. 아니면 모두 대인배여서 알고도 너그럽게 넘어갔을 수도 있고.

'좌익'의 앞뒤에 '권력의 실세'와 '안티'라는 말을 배치한 것 역시 고도의 계산으로 짐작된다. 대표기도가 정치색을 노골적으로 띠면 문제가 생길 줄 알고 모호한 표현으로 '좌익'을 살며시 가린 것 같다.

'권력의 실세'는 대개 부정적 느낌을 안긴다. 멀게는 단종 임금을 휘어잡은 수양대군, 가까이는 박근혜 정부를 쥐락펴락했던 최순실을 예로 들 수 있다. 장로님의 머릿속에 든 권력의 실세는 문재인 정부에서 활동하는 인물들일 터, 누구인지 대충 짐작이 간다.

'안티anti'의 사전적 의미는 '어떤 대상에 대해 반대하는 입장을 지님. 또는 그러한 사람'이다. 대체로 우익보다는 좌익을 연상시키는 말이다. 좌익은 기성 체제를 반대하는 사람이나 무리라는 고정관념이 있기 때문이다.

사실 진짜 마음에 걸리는 부분은 "주님, 강권적으로 간섭하여 주시옵소서."라는 간구다. 장로님은 나라를 어지럽히는 좌익을 권능의 하나님이 쓸어버리시기를 바랐던 모양이다. 그리고 우익이 다스리는 세상을 꿈꿨던 것 같다. 하지만 대표기도를 통해 속내를 훤히 드러낼 수는 없으니 교묘한 말놀이로 얼버무렸으리라.

나는 기도 중에 두 눈을 부릅뜨게 만든 장로님에 대해 아는 바가 없었다. 이름하고 얼굴만 겨우 아는 정도였다. 며칠 뒤 어머니를 만나 장로님 이야기를 꺼냈다. 어머니는 평소 9시 예배를 드리기에 장로님의 기도에 대해 전혀 모르고 있었다. 참고로 어머니는 중도 우파에 가깝다.

"엄마, 그 장로님이랑 친해?"

"그렇게 친한 편은 아니야."

"안 친해서 다행이네."

"그분이 원래 '보수' 쪽이야."

"보수든 진보든, 장로가 대표기도를 그렇게 하면 안 되지. 좌파가 죽도록 싫으면 전광훈 목사 밑으로 가든가."

그런데 어머니가 불쑥 충격적인 말을 던졌다.

"안수집사님 중에도 그런 분이 있어. 그분은 좌파인데, 기도하다가 우파 욕을 해서 참 불안불안해."

"뭐? 그분은 또 왜 그러신데……."

9시 예배는 안수집사, 11시 예배는 장로를 대표기도자로 세운다. 11시 예배를 드리는 나는 그 안수집사님을 본 적이 없었다.

장로님도, 안수집사님도 모두 옳지 않다. 우파이기에 좌파를, 좌파이기에 우파를 망하게 해달라는 기도에 과연 하나님이 응답하실까? '나'는 선이고 남은 악으로 간주하는 마음이 하나님의 자녀된 자의 마음은 결코 아닐 것이다.

두 분의 기도는 세상을 분열시킬 뿐이다. 분열의 전문가는 정치인으로 족하다. 기독교인은 화합의 전문가가 되는 것이 바람직하다.

썩은 뿌리에서 피어난 가시꽃의 세상에서

2019년 3월 9일 국회 의원회관에서 자유한국당 기독교인회 주최로 조찬기도회가 열렸다. 이보다 한 달 전 자유한국당 당대표에 오른 황교안 대표는 처음으로 기도회에 참석했다. 나경원 당시 원내대표 등 한국당 의원 20여 명도 함께했다. 나는 이 소식을 중앙일보의 〈"운동권 썩은 뿌리 뽑아야"…강경 메시지 낸 황교안〉이라는 기사로 접했다. 덕분에 자유한국당에 기독교인회가 있는지, 한국당에 조찬기도회가 있는지 처음 알았다.

황교안 대표는 침례교회 장로이자 독실한 기독교인으로 알려져 있다. 기도회에서 나온 황교안 대표의 인사말을 중앙일보 기사에 의거해 정리해 본다.

애국가 가사 중에 '하느님이 보우하사 우리나라 만세'라는 소절이 있습니다. 하나님이 왜 우리를 보우하실까요? 우리나라의 기독교인들이 매일 100만 명씩 새벽기도를 하는데, 어떻게 이 땅을 사랑하시지 않겠습니까? 지금 이 나라가 위태롭습니다. 우리 한국당의 책임이 큽니다. 욕하고 헐뜯는 세상 속에서 그래도 장점을 찾으려고 하는 예수 그리스도의 사랑이 풍성한 한국당이 되기를 바랍니다.

나는 황교안 대표의 바람을 하나님이 꼭 들어주시기를 기도한다. 한국당이 반드시 '예수 그리스도의 사랑이 풍성한' 당이 되기를!

황교안 대표가 한국당에 몸담으면서 가장 많이 한 말은 아마도 '좌파 독재', '문재인 폭정' 따위의 말들이 아닐까 싶다. 좌파 독재와 문재인 폭정으로 나라는 기울어가고 국민은 죽어가고 있다며 연일 떠들어댔다. 전국 방방곡곡을 마라톤 선수처럼 달리면서 대통령을 욕하고 헐뜯었다. 그럴 수 있다. 그도 정치인이니까. 정치판은 본디 그런 곳이니까. 그렇지만 기독교 정치인이라는 관점에서 본다면 그의 행보는 몹시 아쉽다.

천주교(폭넓게 보아 기독교) 신자인 나경원 의원의 인사말을 보면 아쉬움은 더 진해진다.

예수님은 '진리가 너희를 자유케 하리라'고 했는데, 대한민국에 자유가 없어지고 있습니다. 한국당이 대한민국의 자유를 지키겠습니다.

한국당이 대한민국의 자유를 지켜주지 않아도 대다수 국민은 더불어민주당이 여당인 세상에서 자유롭게 살고 있다. 자유가 없어지기는커녕 더 많아졌다고 느낀다. 대통령을 공산주의자라 욕해도 처벌하지 않는 우리나라는 진정 자유를 보장하는 국가라고 생각한다. 극우 세력이 지난날 극좌보다 더 과격한 시위를 벌일 수 있는 것도 자유 보장의 증거라는 것을 다 알고 있다. '국민청원'으로 나라님을 향해 하소연이라도 한번 할 수 있는 이 세상이 진리라고 믿는다. 또한 한국당을 지지하는 국민들 외에 대다수 국민은 한국당이 진리라고 보지 않는다. 한국당이 대한민국의 자유를 지키겠다는 말은 코미디다.

황교안 대표와 나경원 의원이 믿는 하나님은 같은 하나님이다. 대한민국을 사랑하시는 하나님이다. 그런데 왜 그들의 말처럼 대한민국 국민의 자유를 빼앗으시고, 좌파 독재자의 폭정으로 인해 나라를 위태롭게 만드시는가. 새벽마다 100만의 기독교인이 도대체 어떤 기도를 올리길래 국민들은 죽겠다고 아우성인가. 혹시 두 사람의 말과 달리 하나님은 대한민국을 안 사랑하시거나 미워하시는 것은 아닌지……

중앙일보의 해당 기사에 따르면, 황교안 대표는 한국당 조찬기도회가 열리는 그날 페이스북에 이런 글을 남겼다고 한다.

문재인 정권의 핵심 세력은 80년대 운동권 출신이다. 타협 대신 대결적 사고방식이 지배하는 그들에게 협치란 집단사고의 뿌리로부터 태어난 가시꽃들의 향연일 뿐이다.

소득주도 성장, 비정규직 제로, 탈원전, 선거법 등 패스트트랙 추진도 오로지 카르텔을 지키고 그들의 생존환경을 조성하기 위한 어둠의 야합이다.

썩은 뿌리에선 꽃이 피지 않는다. 뿌리를 뽑아야 한다.

황교안 대표는 정말 우직하게 외길만 걷고 있다. 가시꽃만 피우는 썩은 뿌리를 뽑으려고 "타협 대신 대결적 사고방식"으로 싸움소처럼 전진한다. 그의 한결같음이 존경스럽기도 하다. 최근 코로나19로 국민들이 쓰러져가는 비극 속에서도 황교안의 한결같음은 빛을 발했다. 국회가 '코로나19 대책 특별위원회'를 서둘러 구성해야 함에도 '우한 폐렴'이란 명칭을 고집하며 특위 구성을 지연시켰다. 세계보건기구는 혐오 조장을 우려해 감염병에 지역 이름을 붙이는 것을 지양한다. 그러나 황교안의 미래통합당(자유한국당의 새 이름)은 이를 무시하고 '우한 폐렴'이 국민에게 친숙한 명칭이라면서 국민팔이를 했다. 정부와 여당이 중국 눈치를 본다면서 맹폭했다. 허무맹랑한 주장만은 아니지만, 명칭을 고수하는 것이 국민의 안전을 위한 특위 구성을 늦출 만큼 중대한 문제는 아니었다. 정부와 여당을 공격할 때 하더라도 예수님의 마음으로 도와줄 수 있지 않은가. 당 대표가 예수님의 사랑이 풍성한 한국당이 되기를 바란다고 공표까지 한 마당에.

코로나19로 추경 문제가 수면 위로 떠올랐을 때 황교안 대표는 이렇게 말하며 정부와 각을 세우기도 했다.

"우한 폐렴을 빌미 삼아 또다시 혈세를 쏟아부을 생각은 당장 접어야 합니다. 이제 미봉책은 통하지 않습니다."

그런데 바로 다음 날, 추경 찬성 쪽으로 입장을 바꿨다. 이를 두고 한 언론은 미래통합당의 주요 지지 기반인 대구·경북에 우한 코로나 확진자가 급증하자 입장을 바꾼 것으로 풀이했다. 그 '한 언론'이란 보수 우파의 영원한 친구 조선일보다. 조선일보 2020년 2월 21일 자 기사 〈황교안 "우한 코로나 종식 위해 정부에 협조…필요한 추경은 해야"〉에서 황교안 대표의 입장을 확인할 수 있다. 참고로 조선일보는 '코로나19' 대신 '우한 코로나'라는 명칭을 썼다. '우한'에 집착하는 미래통합당과 조선일보가 언뜻 측은하기까지 하다. 만약 코로나가 미국 워싱턴에서 발생했다면 그들은 '워싱턴 코로나'를 고집할까? 그런 배짱은 없어 보인다.

한편 코로나19로 위기감이 고조된 시기 전광훈 목사가 주도하는 극우 세력 집회에 대해서도 황교안 대표는 입도 벙긋 안 했다. '황교안이 전광훈을 말려야 한다'는 여론이 높아지자 못 이기는 척 집회 자제를 당부한다는 메시지를 꺼냈다.

2019년 3월 19일 자유한국당 기독교인회의 조찬기도회에서는 어떤 기도를 했을까. 몸소 참석하지 않아 알 길은 없다. 그러나 황교안 대표와 나경원 의원의 인사말을 곰곰이 새겨 보면 미루어 짐작할 수 있다. 지금까지 한국당이 걸어온 발자취를 더듬어 보면 안 봐도 알 것 같다. 좌파와 우파가 화합해서 평화롭고 살기 좋은 나라를 이룩하게 해달라는 기도는 절대 아니었을 것이다.

좌익 혹은 좌파. 우리나라에서는 좌빨. 혐오와 박멸의 대상. 나도 우파가 밉지만 우파를 파멸시켜야 할 적으로는 여기지 않는다. 기독교인으로서 화합을 꿈꾼다. 황교안 대표 같은 기독교 정치인도 같은 꿈을 꾼다면 좋겠다. 나의 기대가 한갓 몽상인지는 모르겠지만.

좌익 그리고 우익. 오늘날 좌익은 진보, 우익은 보수를 지향하는 정당 또는 집단을 일컫는 말로 쓰인다. 이 단어의 탄생 배경은 프랑스혁명이 일어났던 18세기 말엽으로 거슬러 올라간다. 혁명기의 국민의회에서는 의장석에서 바라볼 때 오른쪽에 온건파인 지롱드 당이, 왼쪽에 급진 개혁파인 자코뱅 당이 앉았다.

현재 대한민국 국회에서는 의장석에서 바라볼 때 야당이 왼쪽, 여당이 오른쪽에 앉는다. 제20대 국회에서의 야당은 자유한국당이다. 좌석 배치에 따르면 자유한국당이 좌파다. 그러므로 좌파, 우파로 국가와 국민을 분열시키는 행동은 결국 누워서 침 뱉기다. 무의미하고 몰가치한 행동일 뿐이다.

우파를 위한 우파의 기도

상기한 중앙일보 기사에는 황교안 대표와 주변 인사들이 기도하는 모습을 찍은 사진이 수록되어 있었다. 황교안 대표 곁 나이 지긋한 사람, 어쩐지 그가 낯익었지만 누구인지 기억나지 않았다. 마침 문화일보가 비슷한 내용의 기사를 냈는데, 해당 기사 사진에도 그의 얼굴이 담겨 있었다. 사진 아래 캡션까지 달려 있었다. 그는 김장환 목사였다.

극동방송 이사장인 김장환 목사는 보수 기독교계를 대표하는 인물이다. 그는 어린 시절 미군 부대 하우스보이로 일하다 어느 미군 상사의 인정을 받아 미국 유학길에 오른다. 이후 미국에서 침례교 목사 안수를 받고, 선교사로서 고국에 돌아온다. 성실과 정직과 신앙으로 이룬 그의 성공기는 많은 이들에게 감동을 안겼다. 감동적 삶의 주인공 김장환 목사에게는 청소년 선교에 힘쓰고, 러시아, 루마니아, 쿠바, 북한 등 사회주의 국가의 구제 활동에 앞장섰다는 공이 있다. 미국 기독교 방송으로서 공산주의 국가에 대한 복음 전파를 목적으로 하는 '극동방송'을 한국에 뿌리 내리게 한 점 역시 높게 평가받는다.

그러나 김장환 목사는 박정희 전 대통령의 유신 체제를 옹호했던 인물이다. 그는 미국 생활에서 쌓은 인맥으로 독재 정권의 대미對美 활동을 종종 돕기도 했는데, 몸소 미국으로 건너가 유신 체제를 홍보하기도 했다.

김장환 목사가 대중적 인지도를 높인 계기는 1973년 5월에 열린 빌리 그레이엄의 한국전도대회였다. 세계적인 부흥사 빌리 그레이엄의 이 부흥 집회는 5일 동안 여의도 광장에서 열렸는데, 자그마치 320만 명의 인원을 모아들였다. 그런데 이 기독교 집회는 박정희 정권이 뒷배를 봐주었다는 의심을 샀다. 당시 국가 행사 전용인 여의도 광장에서 기독교 행사가 열린 것부터가 수상했다. 공병대가 동원되어 행사장을 마련해주고 군악대가 찬송가를 연주한 것도 극히 이례적인 일이었다. 김장환 목사는 이 특이한 집회에서 빌리 그레이엄의 설교를 통역했다.

김장환 목사는 전두환 군사 정권과도 긴밀한, 친밀한 관계를 유지했다. 1980년 8월 6일은 그 관계를 대대적으로 과시한 날이었다. 그날 서울 롯데호텔에서는 '국가와 민족의 장래를 위한 조찬기도회'가 열렸다. 그 기도회는 5·18 광주민중항쟁 진압에 혁혁한 공을 세워 대장으로 진급한 전두환 국보위 상임위원장을 축복하는 자리였다. 그 거룩한 자리에 기독교의 굵직한 지도자들 20여 명이 함께했다. 정진경 목사, 김준곤 목사, 한경직 목사, 김장환 목사 등이 바로 그들이다. KBS와 MBC에서 그들의 기도회를 생중계했다. 방송을 지켜본 많은 국민들은 아연실색했다. 광주의 진실이 철저하게 은폐된 터라 곳곳에서 광주를 향한 의문부호가 떠오르던 때였다. 광주 시민의 죄 없는 피가 채 마르지도 않은 때였다. 그런 때에 한국 최고의 목사들이 계엄군의 우두머리를 찬양하고 있으니 한숨을 내쉴 수밖에 없었다.

그들만의 기도회에서 성결교 증경총회장이었던 정진경 목사는 전두환을 사회악을 제거한 영웅으로 추켜세웠다. 덕분에 계엄군의 총칼에 쓰러져 간 광주 시민들은 약자를 품어야 할 목사의 한마디에 사회악으로 낙인찍혔다.

김준곤 목사는 박정희 정권 시절인 1965년 '국회조찬기도회'를 만든 인물이다. 이 기도회는 이듬해 '대통령조찬기도회'로 이름을 바꾼다. 김준곤 목사는 1973년 대통령조찬기도회에서 박정희의 유신체제를 칭송하기도 했다. 그가 만든 국회조찬기도회는 문재인 정부에까지 맥을 잇고 있는 '국가조찬기도회'의 전신이다. 국가조찬기도회가 나라를 위한 순수 기도 모임이라고 생각하는 사람은 일부 기독교인들뿐이다. 대다수 국민은 삐딱한 시선을 던진다. 정권과 결탁하려는, 혹은 정권을 견제하려는 기독교의 요식행위라고 비아냥댄다.

한경직 목사는 전광훈 목사가 미역국처럼 말아먹은 한기총의 창립자다. 정진경 목사도 창립자 가운데 한 명이다. 1989년 노태우 정부 시절 탄생한 한기총은 분열된 기독교를 통합하고 국가 발전에 이바지하겠다는 다짐을 비쳤지만 줄곧 우 편향으로 일관해왔다. 출생

시부터 줄곧 제정신이 아니었던 셈이다. 기독교는 어느 한쪽만 편드는 종교가 아니다.

한경직 목사는 제주 4·3 항쟁의 현장에서 끔찍한 만행을 저질렀던 서북청년회를 만든 장본인이기도 하다. 한경직 목사 스스로 서북청년회는 자신의 영락교회 청년들이 중심이 되어 만든 단체라고 밝힌 바 있다. 1945년 미군정의 도움으로 탄생한 영락교회(설립 당시 이름은 베다니전도교회)는 북한 출신 월남 기독교인들이 세운 교회다. 서북청년회는 월남한 청년단체들의 통합체로, 이승만 정권의 사냥개 노릇을 했다. 그들은 한국전쟁 중에 일어난 국민보도 연맹 사건에서도 무자비한 살상을 저질렀다. 1949년 이승만 정권은 좌익 세력에게 전향 기회를 준다면서 국민보도 연맹에 가입시켰다. 그러나 전쟁이 터지자 좌익들이 공산당에 붙을 위험인물이라면서 살해를 명했다. 군대와 경찰이 국민을 죽이기 위해 동원됐고, 서북청년단이 적극 합세했다. 그리고 한경직 목사는 일평생 서북청년회에 대해 진정으로 참회하는 모습을 보이지 않았다.

한편 '서북청년회'의 '서북'은 북한의 황해도, 평안남북도 등지를 가리킨다. 한경직 목사는 평안남도 태생이다. 월남 기독교인들 중에는 서북 지역 출신들이 많았다. 오늘날 한국의 대형교회 상당수는 서북 기독교인들이 일군 것이라고 한다. 이명박 전 대통령이 출석한 소망교회도 서북 기독교인인 곽선희 목사가 세운 교회다.

김장환 목사는 2006년 극동방송 창립 50주년 행사에 전두환을 공식 초청해 입길에 오르기도 했다. 자서전적 성격의 저서에서는 "전두환 대통령에 대해서 끝까지 비판하고 나쁘게 말하는 것도 편협한 일"
이라며 편을 들었다. 이 편들기야말로 진정 편협한 사고다. 많은 사
람들이 전두환을 '끝까지' 비판하는 이유는 전두환이 '끝까지' 자신
의 악행을 뉘우치지 않기 때문이다. 그가 5·18 피해자들 앞에 무릎
꿇고 사죄했더라면, 그리고 새 삶을 살았더라면 끝까지 나쁘게 말할
사람은 드물 것이다.

김장환 목사의 전두환 사랑은 소태처럼 질기다. 2019년 12월 12
일 그는 전두환을 비롯해 정호용, 최세창 등과 서울 강남의 고급 중
식당에서 오찬을 즐겼다. 그날은 12·12 쿠데타 40주년인 날이었고,
그들은 12·12 쿠데타의 주역이었다. 김장환 목사는 오찬 중 전두환
에게 '각하'라는 구시대적 호칭을 붙이며 살갑게 굴었다. 그 올드보
이들이 오찬을 가진 날은 전두환이 알츠하이머를 핑계로 5·18 광주
민중항쟁 관련 재판을 보이콧하고 있는 때이기도 했다. 김장환 목사
는 끝까지 반성 없는 그 전직 대통령에게 따뜻한 밥 한 끼로 위로를
주고 싶었던 모양이다. 누가 밥값을 냈는지는 모르겠지만.

"일국의 대통령을 지낸 사람이 무슨 죄가 그렇게 많았기에 20년
구형을 받게 되나. 그래서 누가서(누가복음) 23장에 나오는 예수님의
재판 과정을 쭉 읽어드리면서, '장로님, 그래도 예수님은 십자가 사
형을 받으셨는데, 장로님은 20년 정도 구형을 받았으니까 용기 잃지
마세요' 하고 위로했습니다."

2018년 9월 김장환 목사가 극동방송 내 직원 예배에서 설교 중에
한 말이다. 일국의 대통령으로서 20년 구형을 받은 사람은 이명박 전

대통령이다. 그 무렵 이명박 전 대통령은 수백억 원대 횡령 및 뇌물 수수 등의 혐의로 구속 수감 중이었다. 그 자신에게는 고난의 시간이었을 것이다. 그런데 그 고난이 예수님의 고난에 견줄 만큼 큰 것이었을까. 아니, 선하고 가치 있는 고난이었을까. 김장환 목사는 그렇게 느꼈나 보다. 그는 수감자 이명박을 매주 찾아가 함께 예배했다고 한다.

김장환 목사의 눈에는 이명박 전 대통령으로 인해 고난당한 국민들이 안 보였던 모양이다. 혹시 국민들을 예수 이명박을 십자가에 못 박은 로마 군사로 보았던 것은 아닌지 모르겠다. 이명박의 집권 시절 행복을 누린 사람은 고소영뿐이었다. 배우 고소영 씨가 아니다. '고소영'이란, 이명박 전 대통령의 모교인 고려대학교 출신, 그가 다니는 소망교회 교인, 그의 출생지인 영남 출신을 아울러 일컫는 말이다.

2016년 11월 7일 오후, 박근혜 전 대통령은 김장환 목사와 명성교회 김삼환 목사를 청와대에 초대했다. 탄핵 정국이었다. 언론들은 대체로 박근혜 전 대통령이 탄핵 정국 수습에 관한 조언을 듣고자 두 목사를 만난 것으로 해석했다. 일각에서는 박근혜 전 대통령이 불리한 여론을 회복시키려는 전략으로 보수 기독교에 기도회를 부탁한 것이 아니냐는 의혹을 던졌다. 한 달 뒤 박사모(박근혜를 사랑하는 사람들의 모임) 정광용 회장이 김장환 목사를 만난 사실이 언론에 공개되며 그 의혹은 풍선처럼 부풀어올랐다. 정광용은 12월 20일 CBS와의 인터뷰에서 김장환 목사에게 교계 차원의 기도회가 아니라 개인적인 기도만 요청했다고 해명했다. 그의 해명은 씨알도 안 먹혔다.

　김장환 목사도 지난 11월 청와대 방문 시 대통령이 기도회를 부탁한 적은 없다는 입장을 내놨다. 단지 본인이 로마서 12장을 대통령에게 읽어주며 용기를 북돋아준 게 전부라고 했다. 그러나 일부 대형교회들이 김장환 목사와 김삼환 목사의 요청을 받고 '구국기도회'를 준비하고 있었다는 사실이 알려지면서 김장환 목사의 순수성은 의심받았다. 더구나 대형교회들이 기도회 준비에 들어간 시점이 '11월 7일' 이후였다는 점에서 의심의 눈초리는 한층 날카로워졌다. 그 눈빛이 부담스러웠는지 김장환 목사는 나라를 위한 순수한 기도회가 불필요한 오해를 사서는 안 된다며 기도회를 취소했다.

　나는 김장환 목사가 박근혜 전 대통령에게 로마서 12장을 읽으며 격려했다는 사실이 더 의심스럽다. 거짓말 같다. 로마서 13장의 '13'에서 슬쩍 1을 뺀 것은 아닐까. 로마서 13장은 보수 기독교가 보수 정권을 감싸기 위해 사골처럼 우려먹는 하나님 말씀이다. 박정희 정권 시절 국무총리였던 김종필도 목사들 앞에서 이 말씀을 들먹이며 독재 정권에 협력하기를 은근히 강요했을 정도다.

　바울이 지은 로마서 13장에서 특히 눈여겨볼 구절은 1절과 2절이다.

　　누구든지 국가의 권세 잡은 사람들에게 복종하십시오. 하나님께서 세우시지 않은 권세란 없습니다. 세상에 있는 권세는 다 하나님께로부터 나왔습니다. 그러므로 그 권세를 거스르는 것은 권세를 세우신 하나님을 거스르는 것과 같습니다. 그런 사람은 심판을 받게 될 것입니다.

- 로마서 13장 1~2절.《쉬운 성경》아가페출판사, 2005

이 말씀을 선포하며 보수 목사들은 주장한다. 하나님이 세운 대통령에게 감히 복종하지 않는 것은 하나님에게 반기를 드는 것이고, 그런 사람은 벌을 받는다고.

박근혜 탄핵 정국 때도 로마서 13장은 보수 기독교의 무기였다. 탄핵 반대 집회에서 일부 기독교인들이 '대한민국은 하나님의 소유', '박근혜는 예수' 따위의 목소리를 낸 것도 로마서 13장을 향한 믿음과 관계가 깊다.

그렇다면 진보 계열 지도자는 누가 세운 것인가. 적어도 기독교인이라면 문재인 대통령도 하나님이 세운 지도자로 여기는 것이 온당하지 않은가. 보수 기독교는 박근혜 탄핵을 찬성하는 이들을 사탄으로 명명하기까지 했다. 경악스럽게도 사탄 몰이에 앞장선 것은 목사들이었다. 사탄은 절대악, 반드시 박멸해야 할 기독교의 적이다. 사탄에 비하면 종북, 빨갱이는 오히려 귀여운 축이다. 보수 기독교가 특히 지도자인 목사들이 똑똑히 알아야 할 점이 있다. "하나님께서 세우시지 않은 권세란 없"다는 로마서 13장의 원리대로라면, '사탄'이라는 이름은 문재인 대통령을 끌어내리려는 그대들의 소유라는 것을.

정작 하나님이 세운 권력자에게 복종하기를 권했던 바울 자신은 당대 권력자인 다메섹의 총리에게 불복종했다. 총독이 하나님의 사역자로서 선한 일을 하지 않았다는 것이 불복종의 이유였다. 그 누구든 바울처럼 행할 권리가 있다. 하나님은 인간에게 자유의지를 부여했다. 자기 의지에 따라 '선하다고 믿는' 권력자에게 올인해도 괜찮다. 그러나 자기 의지에 따라 '악하다고 믿는' 권력자를, 나아가 그 추종자를 절대악으로 규정해서는 곤란하다. 사탄이라 명명해서는 안 된다. 하나님은 그런 권리는 아무에게도 주지 않았다. 목사에게도 마찬가지다.

로마서 12장은 '하나님 뜻을 잘 분별해 새롭게 살라'는 메시지를 담은 말씀이다. 김장환 목사가 정말 박근혜 전 대통령에게 이 말씀을 전했다면, 어떤 식으로 강해했을지 호기심이 동한다. 대통령 자리에서 스스로 내려오는 것이 하나님 뜻이라고 말했을 가망은 제로에 가깝다. 김장환 목사가 우파 권력과 나란히 걸어온 삶이 그 예상을 방증한다. 또한 그렇게 말했다면 구국기도회를 열 마음을 먹지도 않았을 것이다. 박사모 회장 정광용이 찾아가 '개인적인 기도'를 부탁하지도 않았을 것이다. 그 자리에서 두들겨 맞았을지도 모른다. 그 시절 탄핵 반대 세력에게 얻어맞은 사람이 부지기수였다.

김장환 목사가 박근혜 전 대통령에게 이렇게 말했을지도 모른다는, 위험한 상상을 해본다.

"각하, 탄핵을 외치는 저들은 사탄이오니, 그들을 물리치고 대한민국 대통령으로 꼿꼿이 서십시오. 그것이 하나님의 뜻입니다."

김장환 목사는 자신의 보수 정권 사랑에 대해 종종 비판받곤 했다. 그때마다 전도를 하기 위해서 만나는 것이라 둘러댔다. 그 평계가 사실이라면 그는 정말 무능한 성직자다. 어떤 대통령도 기독교인으로 만들지는 못했으니 말이다. 또한 이명박 전 대통령은 애초 만날 필요도 없었다. 그는 이미 기독교인이었고, 게다가 장로였다.

이승만, 박정희, 전두환, 노태우, 김영삼, 이명박, 박근혜, 그리고 이들의 뒤에 줄서기하려는 황교안. 보수 권력의 거룩한 계보가 이어지는 데 보수 기독교는 늘 협력해왔다. 권력에 붙어 힘을 키우고, 그 힘으로 그릇된 영향력을 행사했던 교계 지도자들이 한둘이 아니다. 마침 2019년 3월 9일 자유한국당 조찬기도회에 김장환 목사가 참석했다기에 그를 대표적인 보기로 들었을 뿐이다.

그날 조찬기도회에서 김장환 목사가 어떤 기도를 했는지, 어떤 발언을 했는지는 보도되지 않았다. 후속 보도를 기다려봤지만, 찾아보지 못했다. 아마도 별 영양가 없는 말을 했거나, 으레 하던 기도를 했던 모양이다. 미래통합당으로 변신했지만 여전히 변함없는 자유한국당의 모습을 보면 충분히 짐작 가능하다.

세상에 만약이란 없다지만, 만약 그 기도회에서 김장환 목사가 좌파와 우파의 화합을 위해 간곡한 기도를 드렸다면 어땠을까. 그는 능력 있는 목사이니까 지금과 같은 갈등과 분열이 조금은 줄어들었을지도 모른다.

두 친구의 생존 법칙

회의장 안. 원탁에 앉아 이야기를 나누는 선교사 1, 2.

선교사 1   일제의 국권 침탈이 가시화되면서 조선인들은 나라를 빼앗긴다는 생각에 절망하고 있어요. 이제 조선 교회의 노선을 결정해야 할 때입니다.

선교사 2   일본에 맞서면 교회의 안전을 보장하기 어렵습니다. 정치와 교회는 분리돼야 합니다. 교회를 보호합시다!

선교사 1   하나님이 이 나라를 구해 주시리라 믿는 조선인들을 외면할 수는 없습니다.

이때 선교사 3, 회의장 안으로 헐레벌떡 달려 들어온다.

선교사 3   조선인들과 예배를 드리고 오는 길입니다. 조선인들은 주
님의 권능으로 왜놈들을 물리쳐달라고 울부짖으며 기도했습니다.
저를 향해 주의 목자들은 왜 가만히 있냐며 원망도 하더군요.

선교사 1   (깊이 생각에 잠겼다가) 조선인들의 기대에 부응하도록 합시
다. 그것이 조선 교회가 걸어가야 할 길입니다.

선교사 2   일제에 대항하는 '민족교회'로 가자는 것입니까? 위험한
모험입니다. 정치, 권력과 부딪치지 않고 교세를 확장하는 것이 저
희의 선교 계획이었다는 걸 잊으면 안 됩니다.

선교사 3   모험이라는 것, 저도 잘 압니다. 그러나 저도 '민족교회'의
길을 택하겠습니다.

선교사 1   좋습니다. 다들 뜻을 모읍시다!

구한말 조선 교회의 현실을 희곡 형식으로 묘사해 보았다. 그때
서양 선교사들은 일제에 저항하는 쪽으로 노선을 정했다. 많은 조선
인 신도들의 바람이기도 했다. 1910년 한일병합이 이루어지면서 민
족교회 노선은 더욱 뚜렷해졌다. 그 바람에 일제의 탄압도 한층 거세
졌다.
　1884년 6월 미국 감리교 선교사 매클레이가 고종 임금을 만난다.

매클레이 선교사는 교육과 의료 분야에서만 선교하겠다는 뜻을 전하고, 학교와 병원의 필요를 느낀 고종은 조건부 선교를 허가한다. 기독교사에서는 이 사건을 한국과 기독교(개신교)의 인연의 시작으로 여긴다.

같은 해 9월, 미국 공사관 부속 의사이자 선교사인 알렌이 조선 땅에 발을 딛는다. 두 달 뒤인 11월, 조선의 자주 독립을 꿈꾼 급진개화파에 의해 갑신정변이 일어난다. 이때 조선의 실권자 민영익이 심각한 자상을 입는데, 알렌은 외과 수술과 40일간의 소염 치료를 통해 민영익을 살려낸다. 이 사건은 기독교 선교사 및 서구 문화에 대한 신뢰감을 심어 주는 계기가 된다. 그 신뢰감이 깊어져서 이듬해인 1885년 4월 한국 최초의 서양식 국립병원인 제중원(설립 추진 당시 이름은 광혜원)이 세워진다. 제중원의 운영비는 조선이, 의료 서비스는 미국 선교부가 맡았다. 즉 제중원은 의료 기관이자 한국 최초의 기독교 선교 기관이었던 셈이다. 훗날 제중원은 지금의 세브란스 병원으로 거듭난다.

제중원이 탄생한 그 4월의 제 5일은 부활절이었다. 이날 두 명의 미국 선교사가 제물포항을 통해 조선 땅을 밟는다. 장로교 목사 언더우드와 감리교 목사 아펜젤러다. 두 선교사는 제중원을 근거지로 삼고 복음 활동을 펼친다. 즉 이들로 인해 본격적인 복음 선교의 깃발이 오른 것이다. 오늘날 언더우드와 아펜젤러는 '한국 최초의 복음 선교사'로 평가받는다. 1897년 9월 27일 한국 최초의 장로교회로 문을 연 새문안교회는 언더우드에 의해 세워진 것이다. 아펜젤러는 배재학당 창설, 성경 번역 등의 공을 세웠다. 한편, 언더우드와 아펜젤러가 조선에 들어온 그해 메리 스크랜턴이라는 미국의 여성 선교사도 조선 국경을 넘어왔다. 감리교 선교사였던 그녀는 1886년 한국 최초의 여성 교육기관인 이화학당의 창설자다.

이와 같이 초기 선교사들이 적극적인 활동을 펼치고, 그 활동이 긍정적 반응을 얻으면서 기독교의 호감도가 높아진다. 그 호감도에 힘입어 성공회, 침례교, 구세군, 안식교 등 다양한 교파의 선교사들이 조선 땅을 찾는다. 그들 역시 좋은 반응을 얻으면서 기독교는 비교적 큰 박해 없이 자리를 잡아간다. 1888년 '영아 소동baby riot'으로 위기를 겪기도 했지만, 천주교가 당한 만큼의 박해는 없었다. 조선에서 '반체제', '반민족' 혐의를 받은 천주교는 초기 기독교 선교에 부담으로 작용했었다. 기독교가 의료와 교육 분야로 선교의 물꼬를 틀려 시도한 것도 그 때문이다. 그런데 실제로는 오히려 도움을 주었다. 천주교로 인해 서구 사상과 서구 문화에 익숙해진 조선 민중이 기독교를 한결 쉽게 받아들일 수 있었던 것이다.

영아 소동이란 문자 그대로 소동으로, 지금의 시각으로 보면 즐거운 코미디 같다. 그러나 당시 조선인들에게는 서사시처럼 심각했다. 서양 선교사들이 학교에서 아이들 눈알을 빼내 사진기 렌즈를 만든다는 둥, 병원에서 간을 빼내 약으로 쓴다는 둥 이렇게 무시무시한 소문이 떠도는데 어떻게 웃을 수 있었겠는가. 그 소문에 분노한 조선인들은 폭동을 일으켰다. 이화학당의 수위가 살해되는 일까지 벌어졌다. 사태가 심상치 않자 고종은 종교집회와 선교사들의 지방 여행을 금지시켰다. 이화학당과 배재학당에서의 신학교육도 중단시켰다. 그제야 겨우 소동이 가라앉았다. 신학교육은 무려 5년이 지나서야 재개되었다. 소동의 파장이 꽤 컸던 것이다.

이런 우여곡절을 겪으며 기독교는 한 걸음씩 성장해나간다. 반대로 일제의 침탈이 심해지면서 나라는 기울어져갔다. 사회 참여보다는 개인 구원에 더 중점을 두고 있었던 조선의 기독교는 선택의 갈림길에 놓인다. 사회냐 개인이냐. 민중은 사회를 바랐다. 결국 선교사들은 민중의 뜻을 받든다.

1919년 3월 1일, 삼일운동에서 기독교의 항일 정신은 절정으로 치달았다. 민족대표 33인 가운데 이승훈, 길선주 등 기독교 지도자가 16명에 달했다. 삼일운동 직후 기독교를 상대로 한 일제의 만행은 그만큼 기독교의 영향력이 컸다는 증거다. 대표적인 예로 하나만 꼽는다면, 1919년 4월 15일에 일어난 제암리 학살 사건이다. 일본군은 수원 제암리 교회 교인 30여 명(천도교인 일부 포함)을 교회에 가두고 무차별 사격을 가한 뒤 불을 질렀다. 부근 마을인 채암리까지 가서 민가에 불을 지르고 역시 학살을 자행했다. 한편 그 무렵 조선의 전체 기독교인은 20만 명 남짓이었는데, 삼일운동으로 투옥된 기독교인은 2,000명이 넘었다. 그 수치 역시 기독교인의 항일 투쟁이 치열했음을 알려준다.

일제의 만행은 선교사들에 의해 나라 밖으로 퍼졌다. 선교사들은 국제사회에 조선의 참상을 알리는 스피커 역할을 했다. 그러자 일제는 선교사들의 입을 막기 위해 회유 정책을 실시했다. 지금껏 개인 명의로만 허가했던 교회와 종교 단체의 법인 설립을 허가하겠다는 당근을 제시한 것이다. 법인을 설립하면 교회의 재산을 안전하게 보호할 수 있었다. 일제가 내민 당근은 뿌리치기 힘든 달콤한 사탕이었다. 결국 선교사들은 그 사탕을 입에 물었다. 자신들이 조선 땅에 공들여 지은 교회와 학교를 지키기 위한, 불가피한 선택이었을 것이다.

삼일운동으로 독립은 얻지 못하고 피해만 입은 조선인 교계 지도자들도 교회를 보호하는 쪽으로 속속 돌아섰다. 많은 목사들이 사회 참여보다는 개인 구원을 설파했다. 일제의 총칼 앞에 교인들의 목숨을 속절없이 내어줄 수는 없는 노릇이었다. 그러나 이를 구실로 일제에 협력하는 교회가 늘기 시작했다. 마침 세상도 친일親日로 변해가고 있었다. 항일보다는 부일하는 사람이 잘살고 권력을 누리는 세상이 되고 말았다. 그런 분위기에 발맞춰 기독교도 빠르게 기득권 세력에 편입되어갔다.

1. 1938년 9월, 장로교 총회의 신사참배 결의

2. 태평양전쟁 중인 1941년, 1944년, 두 차례에 걸친 '비행기 헌납 운동'. 전쟁의 필수 무기인 비행기 마련을 위한 금품 및 금속 모금

3. 1942년 무기 제작에 필요한 금속 마련을 위한 '교회 종 헌납 운동'

4. 장로교의 김종대 목사, 감리교의 양주삼 목사 등 주요 목회자들의 창씨개명 및 황국신민화정책 지지

5. 1942년 정의, 저항 등의 메시지가 강한 구약성경을 감리교가 폐기하기로 선언.

6. 1944년 일본의 조선인 강제 징용 지지

기독교의 굵직한 친일 행적 중 여섯 가지만 추렸다. 세세한 설명은 지루함만 보탤 것 같다. 사실 기독교 안에서 항일 운동이 아예 없었던 것은 아니다. 그러나 항일보다는 부일이 대세였다. 중일전쟁을 성전聖戰이 아니라고 부르짖은 김만식 전도사, 신사참배를 반대한 주기철 목사 등 항일 정신을 굽히지 않은 지도자들도 있었지만 그들은 소수였다. '만국부인기도회'를 열어 일제를 비판하고 세계 평화를 기원했던 소박한 여성 신도들도 있었지만 판세를 뒤집을 만큼 강하지는 못했다. 정말 낯부끄럽게도 부일 기독교인이 항일 기독교인을 밀고하는 일도 잦았다고 한다.

1945년 8월 15일 빛처럼 찾아온 광복. 그러나 우리 국토는 공산주의와 민주주의가 대립하는 이념의 장으로 바뀌고 만다. 남쪽을 장악한 미국은 빠른 안정을 위해 일제의 지배체제와 친일 기득권 세력을 그대로 남겼다. 미국을 등에 업은 이승만 역시 친일 기득권을 권력 기반으로 삼았다. 그는 경찰을 동원해 '반민족행위특별조사위원회반민특위'를 습격까지 하면서 친일파 처단을 강력하게 막았다. 그 결과 친일 청산은 요원해졌고, 사회 요소요소에 친일 세력이 득세하게 되었다. 기독교계도 마찬가지였다. 남한의 교회는 친일 목회자들의 차지가 되고 말았다. 반민특위가 지목한 처단 대상에는 친일 목회자들도 상당수였다.

이승만은 세례 교인이었다. 대한민국 첫 제헌 국회를 하나님께 드리는 감사 기도로 시작했을 만큼 독실한 신자였다(당시 대표기도자 이윤영 의원은 감리교 목사였다). 더욱이 미국은 대한민국을 복음의 나라로 만들기를 꿈꾸었다. 친일 목회자들이 친미, 친정권이 되기에 최적의 환경이었다.

소련의 손아귀에 있던 북한의 해방 정국은 남한과는 판이했다. 공산주의 이념이 빠르게 번지면서 지주 계급 척결이 척척 진행됐다. 지주들에 불만이 많았던 하층민들도, 하층민인 기독교인들도 대부분 공산주의를 지지했다. 그런데 그 시절 많은 북한 교회들이 지주 계급과 중산층에 의해 유지되고 있었다. 하루아침에 심판의 대상이 된 그들은 더는 북한에 발붙이고 살기 어려웠다. 북한의 교인들과 교회 지도자들이 심판을 피해 월남하기 시작했다. 한국전쟁이 일어나자 남한행 행렬은 더욱 길어졌다. 남으로 간 그들은 친미, 친기독교, 반공을 외치는 이승만 정권에 자연스럽게 흡수되었다. 일부는 적극적인 협력자로 뿌리박았다. 그 협력자 집단은 대대로 보수 정권에 헌신했다.

북한 신의주에서 목회를 하다 광복 직후 월남한 한경직 목사도 그런 부류였다. 비록 그는 청빈하고, 겸손하고, 구제에 힘쓰는 삶을 살았다고 평가 받지만, 보수 정권의 반공 이데올로기에 적극 협력했다는 오점을 남겼다. 그는 1961년 5월 16일 소장 박정희가 군사정변을 일으키자 김활란 등 기독교 인사들과 민간사절단 자격으로 미국을 방문해 군사정변의 당위성을 대변했다. 이후 반공연맹 임원으로도 활동했으며, 여러 예배와 집회에서 군사정권을 옹호하는 설교를 하기도 했다. 그보다 앞서 한경직 목사는 신사참배에 참여하기도 했다. 그는 이 친일 행위에 대해서만큼은 1992년 공개 석상에서 눈물로 사과했다.

반공을 국시의 제일로 삼았던 박정희 전 대통령. 그의 집권기인 1969년 대한민국 군대에 '전군全軍 신자화 운동'이 일어났다. '1인 1종교 갖기'를 추구한 이 운동을 명령한 사람은 1군 사령관 한신이었다. 그는 병사들이 종교를 가지면 반공정신이 강해지고 국가 원수에 대한 충성심도 높아질 거라 기대했다. 이 좋은 운동을 국가 원수 박정희는 은근히 권장했다.

전군 신자화 운동이 반드시 기독교 신자가 되라는 운동은 아니었다. 하지만 우리나라 3대 종교인 기독교, 천주교, 불교 중 가장 혜택을 본 것은 기독교였다. 앞서 이승만 정권은 군종 제도를 처음 만들었는데, 기독교 신자 대통령 덕분에 기독교는 타 종교에 비해 압도적 '군종 점유율'을 지닐 수 있었다. 따라서 전군 신자화 운동에서도 유리한 고지를 점할 수 있었다.

박정희 정권도 대통령조찬기도회로 충성을 보이는 기독교에 혜택을 주고 싶었던 것 같다. 1972년 5월 29일 전군 신자화 후원회(현 한국기독교군선교연합회)가 탄생할 수 있는 길을 터준 것이 그 증거다. 전군 신자화 후원회의 활발한 활동으로 세례 받는 병사들이 부쩍 늘어갔다. 1971년부터 4년 동안 새로 종교를 가진 병사 중 82.5퍼센트가 기독교 신자였다. 놀라운 성과였다. 김준곤 목사는 대통령조찬기도회에서 기독교에 커다란 선물을 안긴 박정희에게 감사를 표했다. 유신 체제 찬양은 덤이었다. 박정희 정권과 기독교는 그렇게 서로 '윈윈win win'했다.

나에게 대한민국 근현대사를 특징짓는 단어를 세 개만 꼽으라면 '친일', '친미', '반공'을 들겠다. 이 세 단어를 관통하는 공통점이 있다. 시대의 생존 수단이었다는 점이다. 일제강점기 독립투사들이 목숨 걸고 독립운동을 했다는 사실을 모르는 사람은 없다. 분단의 시대 공산주의자나 간첩으로 몰려 억울한 죽음을 당한 사람이 많다는 사실도 모두 알고 있다. '항일', '반미', '친공'은 죽음의 빌미였다.

살기 위해서 친일과 친미와 반공을 선택한 것을 덮어놓고 탓할 생각은 없다. 죽음 앞에서 움츠러드는 것은 사람의 본능이다. 나 역시 목에 칼이 들어온다면 삶을 구걸할지 당당히 버릴지 자신하기 어렵다. 문제는 이 세 가지 행위를 생존의 수단에 그치지 않고 출세와 영예의 수단으로 삼은 일이다. 출세와 영예를 위해 약한 자를 짓밟고 무구한 자를 기만한 죄악이다. 정치가들이 그런 짓을 자행했고, 기독교인들이 따라 했다. 시곗바늘을 구한말의 시간으로 되돌린 것은 이를 알리기 위함이었다.

광복 그리고 한국전쟁 이후 친일보다는 친미와 반공이 더 효과적인 성공 수단으로 자리 잡았다. 미국 중심의 자유 진영과 소련 중심의 공산 진영이 대치하는 냉전 시대가 열리며 미국이 대한민국을 품에 안았기 때문이다. 공산화의 사정권에 놓인 대한민국은 미국을 기꺼이 새 보호자로 모셨다. 바야흐로 친미와 반공, 두 가지만 잘하면 되는 세상이 온 것이다.

이 두 가지를 잘하는 보수 정권과 기독교도 손을 더 꼭 잡았다. 기독교는 '정권 지지'로, 보수 정권은 '교세 확장'으로 서로의 우정을 확인했다. 우정을 쌓아가면서 둘 다 승승장구했다. 보수 정권은 장기 집권을 누릴 수 있었고, 기독교는 몸집을 불리면서 사회에 많은 영향력을 행사할 수 있었다.

물론 기독교 전체가 친미와 반공을 핵심 정책으로 내세운 보수 정권과 뜻을 같이한 것은 아니었다. 한국기독교교회협의회처럼 뜻을 달리한 기독교 단체도 있었다. 안타깝게도 기독교계는 정권의 지지 여부에 따라 갈라지고 말았다. 정권이 그러했듯이 보수와 진보로.

친미와 반공은 사실 좋은 것이다. 대한민국의 자유민주주의를 지키려면 반공은 선택이 아닌 필수다. 냉전 시대가 막을 내렸어도 아직 종전을 맞지 않은 한반도는 공산주의의 그늘에서 완전히 자유롭지 못하다. 따라서 미국과도, 속국이 아닌 동맹의 본질을 지키는 선에서, 친밀한 관계를 유지하는 것이 국익에 도움이 된다. 진보주의자들이 우려하는 바는 보수 정권이 친미와 반공을 악용하는 행위다. 진보주의자들이 주장하는 바는 그 우려를 표하는 행동을 종북 행위로 모는 선동은 잘못이라는 것이다.

보수 정권은 특히 반공 프레임을 지지자 결집이나 위기 돌파의 수단으로 곧잘 써먹었다. 국가조찬기도회에서 소강석 목사에게 모성애를 지닌 여성 대통령이라는 칭송을 받은 박근혜도 다르지 않았다.

2012년 대선에서 승리한 박근혜 전 대통령은 국정원의 댓글 조작 사건에 힘입어 당선되었다는 의심을 받았다. 국정원이 정책적으로 인터넷 댓글을 통해 박근혜 후보를 밀어준 것이다. 국정원의 신뢰도가 땅에 떨어졌고, 대통령의 신뢰도에도 상당한 금이 갔다. 이 상황을 역전시키려는 목적으로 국정원은 서울시 최초 탈북자 공무원이었던 유우성 씨를 간첩으로 둔갑시켰다. 이른바 '국정원 간첩 조작 사건'을 일으킨 것이다.

국정원은 유우성 씨가 탈북자 정보를 북한에 넘겼다는 혐의를 씌웠다. 그러나 국정원이 유 씨의 여동생을 고문해 오빠가 간첩이라는 자백을 받아냈다는 사실이 밝혀졌다. 증거로 내놓은 사진도 조작의 냄새가 짙었다. 국정원은 유 씨가 연변에서 찍은 사진을 북한에서 찍은 사진이라고 주장한 것이다. 더구나 검찰이 증거로 제시한 '중국 출입경기록 문서'는 완전한 날조였다. 여러 정황이 유 씨가 간첩이 아니라는 사실을 말하고 있었다. 결국 유우성 씨는 간첩 혐의에 관해 무죄 판결을 받았다.

그러나 사실상 승소한 쪽은 국정원과 박근혜 정권이었다. 새 정부 출범과 함께 터진 간첩 사건은 뜨거운 화제를 불러일으켰다. '북한이 여자 대통령이라서 간첩을?'이라는 의문과 불안을 동시에 느낀 국민들은 알아서 반공정신으로 무장했다. 공산주의로부터 오랜 세월 지켜준 보수 정권 아래 똘똘 뭉쳤다. 댓글 조작 사건 따위는 길고양이에게나 던져주었다.

민주당과 그 지지자들, 유우성 씨의 바람막이로 나선 이들은 단숨에 종북 세력으로 몰렸다. 당시 서울시장이었던 박원순이 민주당원이었기에 '민주당=종북'이라는 등식이 쉽게 성립될 수 있었다. 이때 대한민국어버이연합, 대한민국고엽제전우회 등 유명한 보수 단체들이 종북몰이에서 눈에 띄는 활약을 펼쳤다. 그런데 유 씨는 보수 세력인 오세훈이 서울시장이던 시절 채용된 사람이었다. 이와 같은 진실은 종북몰이의 바람 앞에서는 가냘픈 성냥불에 불과했다.

유우성 씨가 억울하게 간첩으로 몰릴 때 보수 기독교는 침묵했다. 침묵으로 정권에 동조했다. 진보 기독교 단체인 한국기독교교회협의회와 한국기독교장로회 평화통일위원회가 '인권탄압'이라는 입장을 냈지만 크게 힘을 쓰지는 못했다. 보수 기독교계에서도 입을 연 단체가 하나 있긴 했다. 그 단체는 기독교인 탈북자 모임인 탈북동포회다. 탈북동포회는 서울고검 청사 앞에서 기자회견을 열어 유우성 씨를 구속수사하라며 목소리를 높였다.

박근혜 정부 시절 보수와 진보는 사드 배치를 놓고 한 번 더 격돌했다. 중국과의 외교 문제, 사드 전자파로 인한 환경 및 건강 문제 등이 있어 간단히 결정할 사안은 아니었다. 따라서 반대 의견도 만만치 않았고, 야권은 그 여론을 근거로 국회 동의를 요구했다. 그러자 박근혜 정권은 여지없이 종북몰이에 화력을 집중했다. 국방에 꼭 필요한 사드를 반대하는 것은 북한을 이롭게 하는 행동으로 규정짓고 반대파를 잠재우려 했다. 사드 전자파가 무해하다는 미국의 연구 결과를 들이대며 국회 동의를 거부했다. 이때 보수 기독교가 박근혜 정권에 힘을 실었다. 당시 여의도순복음교회 이영훈 목사가 대표회장으로 있던 한기총은 "사드가 국민과 영토를 지키는 불가피한 선택"이라는 입장을 냈다. 정부와 똑같은 입장이었다.

2008년 5월 2일 서울 청계 광장. 이명박 정부의 미국산 쇠고기 수입 재개 협상 내용에 반대하는 시민과 학생이 촛불을 들어올렸다. 광우병에 불안을 느낀 국민들이 자발적으로 개최한 이 집회에서는 경찰과 물리적 충돌이 다소 생기는 문제가 발생하기도 했다. 그래도 정치권과 국민 사이의 의사소통 문제를 민주적으로 제기했다는 평가가 우세했다. 물론 보수 언론의 평가는 달랐다. 그들은 집회를 폭동, 집회참가자를 폭도라 비난했다. 스스로 참가한 학생을 "선생님이 수행평가 점수를 준다며 참가를 권했다"는 식의 허위보도를 퍼뜨렸다.

보수 기독교의 행태도 정말 가관이었다. 이명박 정부의 청와대 홍보기획비서관이었던 추부길 목사는 한국기독교 100주년 기념관에서 열린 기도회에서 이런 발언을 했다.

"사탄의 무리들이 이 땅에 판치지 못하도록 함께 기도해주시길 감히 부탁드립니다."

목사이기 이전에 현직 청와대 홍보기획비서관으로서 할 소리는 아니었다. 당연히 목사로서도 온당치 못한 발언이었다. 정부 정책에 반대하는 목소리를 내는 이들을 목사라고 해서 '감히' 사탄의 무리로 못 박을 권리는 없는 것이다. 또한 기독교대한감리회 감독회장을 역임했던 김홍도 목소는 다음과 같은 말을 서슴없이 내뱉었다.

"빨갱이를 잡아들이면 촛불 집회는 쑥 들어갈 겁니다."

세월이 흘러 미국산 쇠고기는 광우병과 큰 연관이 없는 것으로 밝혀졌다. 그러자 보수 세력은 진보 세력을 집단 구타했다. 빨갱이들이 국민을 거짓 선동해 정권을 무너뜨리려 했다며 몽둥이를 들었다. 터무니없는 주장이었지만, 진보 세력으로서는 감수해야 할 멍석말이였다.

그러나 본질은 다른 곳에 있다. 평소 보수 정권이 반대 의견에 조금만 열린 마음으로 임했다면, 귀 기울이는 태도를 보였다면 촛불집회는 애초 열리지 않았을지도 모른다. 보수 정권은 반대파와 소통을 시도하기보다는 무조건 적대시하며 찍어 눌렀다. 보수 기독교가 이에 힘을 실었다. 광우병 촛불집회는 그 오랜 병폐를 고스란히 드러낸 한국 사회의 아픈 자화상이었다.

마리 앙투아네트를 위하여

검은 머리가 갑자기 흰머리로 변하는 현상을 '마리 앙투아네트 증후군'이라 부른다. 마리 앙투아네트는 프랑스의 국왕 루이 16세의 왕비다. 프랑스 혁명의 여파로 1793년 단두대의 이슬로 사라졌다. 국고 낭비, 반혁명 시도 등의 죄목이 프랑스의 왕비를 죽음으로 내몰았다. 그런데 처형 전날 그녀의 머리칼이 하얗게 세어버렸다. 죽음의 문턱에서 찾아온 극심한 스트레스가 서른여덟 젊은 여인의 머리칼을 하룻밤 사이 백발로 만들어버린 것이다. 마리 앙투아네트는 최후까지 의연한 체했지만 실은 공포에 휩싸여 있던 것인지도 모른다.

지금 극우 기독교, 아니 보수 기독교를 보면 모조리 마리 앙투아네트 증후군을 앓고 있는 듯하다. 검투사처럼 용맹한 척하지만 속으로는 내일 처형을 당할 사람처럼 벌벌 떠는 모양새다. 그런데 사실상 처형을 집행하려는 사람은 없다. 그 권한이 있는 사람은 기독교를 처형하려는 의도도, 마음도 없다. 실체 없는 공포에 기독교는 과민반응을 보이고 있는 것이다. 그런 모습을 볼 때 기독교는 공포신경증까지 앓고 있다.

마리 앙투아네트 증후군이든 공포신경증이든, 가장 중증 환자는 한기총 대표로서 문재인하야범국민투쟁본부(이하 범투본)를 이끄는 전광훈 목사로 보인다. 그는 광화문 광장에서 성긴 백발을 휘날리며 연일 막말을 대량으로 쏟아내고 있다.

2020년 2월 22일 범투본 집회에 등장한 전광훈 목사의 막말 중 한 가지만 소개한다.

"문재인은 이 대한민국을 완전히 해체하고 북한의 김정은에게 갖다 바치려고 별놈의 장난을 다 떨고 있습니다. (중략) 문재인 저 사람은 군사법정 같으면 총살당해야 됩니다."

모든 보수 세력의 주장은 전광훈 목사의 이 막말로 귀결된다. 표현이 좀 더 심하냐 순하냐의 차이만 있을 뿐이다. '공산주의자 문재인은 대한민국을 공산주의 국가로 만들 것이니, 대통령 자리에서 끌어내려야 한다'는 것이 그들의 주장이다. 보수 기독교는 여기에 한 가지를 보탠다. 그들은 '공산주의는 기독교를 탄압하고 교회를 없애기에 문재인을 그냥 두면 안 된다'고 부르짖는다. 기독교 기업가인 국대떡볶이 김상현 대표의 바로 그 주장이다. 이런 울부짖음은, 김상현 대표가 스스로 극우가 아니라고 강변했듯, 거리에서 극렬 집회를 여는 극우 기독교만의 목소리가 아니다. 보수 기독교의 보편적인 목소리다.

보수 기독교의 주장대로 공산주의는 기독교를 불허한다. 그러므로 기독교인이라면 대한민국이 공산화되는 것을 순교자의 자세로 막는 것이 지당하다. 그것은 하늘의 복을 쌓는 일이다. 하지만 문재인 대통령이 우리나라를 공산화한다는 생각은 망상이다. 이미 1장 〈기독교 기업이 일으킨 대형 참사〉에서 설명한 바 있다.

보수 기독교는 문재인 정부가 기독교를 탄압한다며 엄살을 떤다. 딱히 명료한 증거를 내놓지도 못하면서 악다구니만 친다. 기껏 증거라고 들이대는 것이 종교인 과세 시행, 차별금지법 제정 시도 정도뿐이다. 턱없이 빈약하고, 졸렬하기까지 한 증거다. 2018년 1월 1일부터 시행한 종교인 과세의 법안은 박근혜 정부 시절인 2015년 제19대 국회에서 통과시킨 것이다. 그런데 정치권은 시행 시기를 2년 유예해 다음 정부로 책임을 떠넘겼다. 2016년 총선, 2017년 대선을 앞두고 종교계의 반발과 표를 의식한 탓이다. 차별금지법에 관해서는 여기서 더 거론할 필요는 없을 것 같다.

보수 기독교의 아이콘이 되고자 발버둥치는 전광훈 목사는 기도도, 설교도 오직 문재인 하야로 일관한다. 당장 내일이라도 문재인 대통령과 좌파 세력이 북한에 나라를 팔아먹을 것처럼 떠들어댄다. 대한민국과 기독교의 운명이 바람 앞의 등불과 같이 위급하다고 울부짖는다. 적지 않은 기독교인들이 그런 전광훈을 참된 목회자로 떠받든다. 전광훈 목사와 함께 대한민국과 기독교와 자신의 내일을 두려워한다.

보수 기독교가 마리 앙투아네트 증후군과 공포신경증에 걸린 것이 이번이 처음은 아니다. 문재인 정부 이전에 이미 앓은 경험이 있다. 첫 발병은 김대중 정부 시절이다.

김대중 전 대통령은 문재인 대통령처럼 '표현의 자유'에 관대했다. 집회 및 시위의 자유, 언론의 자유를 최대한 보장하겠다고 약속했다. 그 영향인지 언론이 대형교회의 비리를 하나씩 들춰내기 시작했다. 여의도순복음교회의 세습 문제, 세계 최대 규모 감리교회인 금란교회 김홍도 목사의 불륜 및 공금횡령 의혹 등이 전파를 탔다. 그러자 그동안 기득권을 누렸던 보수 기독교가 이를 정권의 음모라며 비방했다. 정권이 언론을 시켜 교회를 망하게 한다고 주장했다.

한편 김대중 정부에서는 성공회 이재정 신부가 새천년민주당 국회의원으로 당선되고, 한국기독교 장로회 김성재 목사가 청와대민정수석비서관으로 임명되는 등 일부 진보 기독교 인사가 정계에 입각했다. 그러자 김영삼 정부 때까지 공들여 쌓은 우정의 탑이 무너지는 기분을 느낀 보수 기독교는 김대중 정부와 뚜렷한 대립각을 세웠다. 본인들이 지금껏 정권에 빌붙어 온 지난날을 까맣게 잊은 듯 '정교유착'을 꼬집으며 애를 태웠다. 하지만 이재정 신부는 국민의 손으로 뽑은 국회의원이므로 정교유착과 엮는 것 자체가 억지였다. 김성재 목사는 민주화 운동에 참여했다가 고문에 의해 장애를 얻은 인물로, 위안부 문제, 청소년 문제, 인권 개선 등에 힘써온 경력을 갖고 있었다. 국민 위에 군림하지 않고 국민을 섬기는 민정수석을 세우려는 대통령의 의도에 알맞은 인재였다.

물론 보수 기독교는 대통령의 의도를 믿지 않았다. 진보 기독교 목사 출신이 청와대에 있는 것이 못마땅할 따름이었다. 그들 입장에서는 그 유명한 '사사오입 개헌'의 주역으로 이승만의 정치적 생명을 연장해준 갈홍기 같은 인물만이 청와대에 있어야 했다. 경무대청와대의 옛 이름의 공보처장이었던 갈홍기는 감리교 목사였다.

김대중 정부의 대북 정책은 '햇볕 정책'이었다. 남북한 교류와 협력의 증대를 꾀한 햇볕 정책으로 대북한 투자규모 제한 폐지, 남북한 비료협상, 금강산 관광개발 등이 이루어졌다. 정주영 현대그룹 명예회장이 소 떼를 몰고 판문점을 넘는, 역사적인 민간 교류도 행해졌다. 이런 화해 무드가 껄끄러웠던 보수 언론은 김대중 정부를 친북 좌파 정권으로 규정했다. 보수 기독교도 '김대중은 공산주의자'라는 캐치프레이즈를 내걸며 정부를 압박했다. 보수 언론과 보수 기독교는 죽이 아주 잘 맞았다. 피해의식이 둘의 어깨를 걸게 만든 것이다. 일례로 2000년 남북정상회담 직전, 〈월간조선〉 칼럼니스트 조갑제는 자신이 운영하는 '조갑제닷컴'을 통해 기독교를 "잘 조직된 거대한 반공 보루"라 칭찬하면서 기독교와의 결집을 다짐했다. 그는 여의도 순복음교회에 몸소 찾아가 "한국 교회가 반김대중, 반공산주의의 선봉에 서야 한다"고 주장하기도 했다.

김대중 정권 아래에서 국가보안법 개정·폐지에 관한 움직임이 일었다. 그러자 보수 언론과 보수 기독교는 한목소리로 국가보안법을 건드리면 나라가 공산화된다며 국민을 선동했다. 이에 부담을 느낀 김대중 정부는 국가보안법을 건드리지 못했다. 이어진 노무현 정부에서 다시 국가보안법을 손대려고 했다. 보수 세력은 파블로프의 개처럼 조건반사적으로 봉기했다. 봉기의 열기는 과거보다 한층 뜨거웠다.

2004년 10월 4일 서울시청 앞 광장에서 열린 그들의 집회에서는 그 열기를 오롯이 느낄 수 있다. 그날 시청 앞 광장에서는 두 개의 집회가 잇따라, 혹은 동시에 열렸다. 보수 기독교는 '대한민국을 위한 비상구국 기도회'로, 보수 단체는 '국가보안법 사수 국민대회'로 한곳에 모인 것이다. 그들은 하나의 무대에서 '대한민국 수호국민대회'라는 이름 아래 기도회와 국민대회를 차례로 가졌다. 무대 위 하늘에는 줄곧 '국가보안법 사수, 한미공조 강화'라고 적힌 대형 풍선이 두 둥실 떠 있었다. 군중 속에서는 태극기와 성조기가 나란히 춤을 췄다. 그리고 요즘 극우 집회에서 종종 볼 수 있는 과격한 행동들이 영화처럼 펼쳐졌다.

해당 집회에서 교계 지도자들이 뱉은 말들만 몇 가지 소개한다.

여의도순복음교회 조용기 목사 국가보안법이 폐지되면 광화문에서 인공기를 휘날리고 김일성 추모대회를 열어도 막을 수가 없습니다.

국민협의회 기독교본부장 김한식 목사 대한민국이 공산주의 마수에 적화되려는 위기의 순간에 하나님의 손길은 미국을 통해 나타났습니다.

금란교회 김홍도 목사 미군이 철수하지 못하게 하여 주시옵소서.

한국기독교 지도자협의회 상임회장 신신묵 목사 하나님께서 저들(공산주의 사상에 오염된 국민들)을 깨닫게 하시고, 친북좌익 세력을 제거해주시옵소서.

대한민국 수호국민대회에는 한나라당의 김용갑, 박성범, 김문수 의원도 참석했다. 이중 김문수 의원은 "애국적 충정이 가득한 집회"라는 입에 발린 소리로 큰 박수를 받았다.

이 대규모 군중집회에서 보수 기독교의 중심은 한기총이었다. 당시 한기총 대표회장 길자연 목사는 이날 집회의 동기에 대해 다음과 같이 설명했다.

"현재 한국 사회는 분단 후 최악의 안보 위기와 정체성 혼란과 국론 분열 등으로 총체적 위기를 겪고 있습니다. 한국 교회가 이런 상황을 좌시할 것이 아니라 한마음으로 기도해야 한다는 요청에 따라 기도회를 여는 것입니다."

그 무렵 한기총은 보수 기독교를 대표하고, 대변하는 단체였다. 장로 대통령 김영삼을 후보 시절부터 노골적으로 지지했던 그들은 국민의 정부와 참여 정부는 대놓고 반대했다. 군이 비교하자면 노무현의 참여 정부에 대한 반대가 더 심했다. 대표적으로 전시작전통제권 환수 반대, 주한미군 철수 반대, 사립학교법사학법 개정 반대 등을 꼽을 수 있다. 앞의 두 가지는 '국익'이라는 명분으로 넘어갈 수 있다 해도 사학법 개정을 반대한 것은 비판을 피하기 어렵다. 당시 종교사학법인의 80퍼센트 이상이 기독교계였다. 개방형 이사제, 임원

승인취소 사유 확대, 임시이사의 파송요건 완화 등을 골자로 하는 사학법 개정안은 기독교의 '사익'을 침해하고도 남았다. 그것이 반대 사유였다.

노무현 전 대통령이 보수 기독교에게 미움을 산 이유는 그의 미국을 향한 당당한 자세 탓이었다. 2002년 대선 기간 중 여중생 신효순 양과 심미선 양이 미군 장갑차에 치어 생명을 잃는, 안타까운 사고가 일어난다. 미군은 뻔뻔하게도 책임을 회피했고, 이에 분노한 많은 국민들이 촛불을 들고 거리로 나섰다. 당시 대선 후보였던 노무현의 행보는 반미 감정에 불을 지폈다.

"저는 밥만 먹거나 눈도장이나 찍으러 미국에 가지는 않을 겁니다."

노무현의 이 한마디에 미국을 천국으로 여기는 보수 기독교는 뒤집어졌다. 기득권 상실의 위기감을 느꼈다. 수많은 평신도들이 어이없이 세상을 뜬 두 소녀를 위해 눈물로 기도할 때 교계의 지도자들은 밥그릇 걱정에 빠진 것이다. 그리고 마침내 노무현 후보가 당선되자 공포에 젖은 보수 기독교는 발악하듯 공격적 행동을 보인 것이다.

국민의 정부와 참여 정부 10년을 '잃어버린 10년'이라 표현하기도 한다. 보수 기독교를 포함한 보수 진영이 만들어낸 말이다. 진보 진영이 집권한 시간이 그들에게는 뼈아픈 상실의 시간이었던 셈이다. 그들은 이 상실을 되풀이하고 싶지 않아 문재인 정부를 잡아먹으려고 으르렁대는지도 모른다. 그들에게는 '잃어버린 15년'이 되는 것을 막고 싶은 생각이 간절해 보인다. 개인적으로는 몹시 서글프다. 그 일에 기독교가 연루되어 있는 것이, 아니 앞장서고 있는 것이 참 씁쓸하다.

그 옛날 공산당을 늑대로 묘사한 삽화나 만화를 종종 접했었다. 예나 지금이나 대한민국을 사랑하는 좌파는 우파를 잡아먹으려는 늑대가 아니다. 황교안 대표의 생각처럼 뽑아내야 할 썩은 뿌리도 아니다. 애국의 방식이 조금 다른 국민일 뿐이다. 그러니 늑대 사냥에 혈안이 되지 않았으면 좋겠다. 뿌리 뽑으려고 소매를 걷어붙이지 않기를 바란다. 좌파를 한사코 빨갱이라 우기는 우파에게 이런 설득이 먹힐지 모르겠지만.

설득은 그만두고 기도를 해야겠다.

"하나님, 좌파와 우파가 서로를 적으로 여기지 않게 하소서. 원수로 지내지 않게 하소서. 양쪽이 화합할 수 있도록, **주님, 강권적으로 간섭하여 주시옵소서.**"

대예배 기도 시간에 내 눈을 번쩍 뜨게 만든 장로님의 기도를 살짝 패러디했다. 말 꺼낸 김에 장로님의 기도를 이렇게 고치고 싶다.

"하나님, 이 나라 이 민족을 지켜 주시옵소서. 우리 국민들은 모두가 한결같이 사회와 경제가 안정적인, 평안 가운데 살기를 원합니다. **그러나 지금 이 나라는 좌익과 우익의 갈등으로 인해 위태롭고 혼란스러운 지경입니다.** 대통령이 바로 서고, 정치인들이 진정으로 이 나라의 부흥만을 위해 공의와 정의로 국정을 돌아볼 수 있도록, **교회가 더욱 열성으로 기도하게 하여 주시옵소서.**"

궁금하다. 장로님이 내가 고친 기도문을 보면 어떤 기분이 들지
……

목사에게는 구원의 능력이 있을까?

'사사오입 개헌'은 초대 대통령에 한해 중임 제한을 없앤다는 헌법개정안을 담은 제2차 헌법개정이다. 이 개헌안은 '찬성 135표'로 부결되었다. 의결정족수인 재적 인원 203명의 3분의 2인 136표에서 1표가 부족했던 것이다. 장기 집권의 꿈이 날아가 실망한 이승만 앞에 목사 출신 공보처장 갈홍기가 나타났다. 그는 대통령을 앉히고 한바탕 수학 강의를 펼쳤다.

"각하, 203의 3분의 2는 135.333···입니다. 사사오입 원칙에 따라 203의 2/3는 135라 할 수 있습니다. 즉 이번 개헌안을 가결시킬 수 있다는 뜻입니다."

의결정족수의 경우 15.333···은 136으로 보는 것이 타당한데도, 이승만은 사사오입 원칙을 무리하게 들이대며 개헌안을 통과시켰다. 목사 갈홍기가 정치인 이승만을 구원해 준 것이다.

이와 같이 목사가 정치적으로는 구원해줄 수 있을지 몰라도 종교적으로는, 영적으로는 구원해줄 수 없다. 구원은 전적으로 하나님의 영역이며, 예수를 구세주로 믿어야만 가능하다. 자신에게 구원의 능력이 있다고 말하는 목사는 사기꾼이다. 이단의 교주다.

기독교인 가운데 목사를 지나치게 의지하는 사람이 은근히 많다. 그런 기독교인은 목사를 구세주로까지 여기지는 않더라도 '구원에 꼭 필요한 사람' 혹은 '구원에 도움을 주는 사람' 정도로는 믿는 것 같다. 목사가 교회를 옮기면 따라 옮기거나 다른 교회를 나가는 신도, 목사의 설교를 듣기 위해서만 교회에 나오는 신도, 사소한 일에도 목사의 기도를 받아야만 평안을 얻는 신도들에게 대체로 그런 경향이 있다. 이런 신도들은 목사 입장에서는 대체로 고마운 존재들이다. 교회 봉사에 열심이고, 목사한테도 잘하는 신도들이 많기 때문이다.

문제는 신도들에게 이러한 충성을 부추기는 목사가 간혹 있다는 사실이다. 전광훈 목사가 그 좋은 예이다.

"젊은 여집사에게 '빤스 내려라. 한번 자고 싶다' 해보고, 그대로 하면 내 성도요, 거절하면 똥이다."

전광훈 목사가 '내 신도'인지 검증하는 방법이라며 설교 중에 지껄인 말이다. 이 발언으로 전광훈 목사는 '빤스 목사'라는 별명을 얻고 유명세까지 타게 되었다.

좋아하는 목사를 위해 빤스를 내리는 것은 개인의 자유지만, 두 가지만 알아두자. 참된 목사는 절대 빤스를 내리라는 말도 안 할뿐더러 빤스를 내릴 마음조차 먹지 않는다는 것, 목사에게 몸을 주는 것과 구원은 아무 상관없다는 것.

chapter 4

기억 너머로 날아간 작은 배

2020년 3월 4일까지의 기록

지도자와 우리들의 자화상

　화면 가운데쯤 한 아이가 훌쩍훌쩍 울면서 손등으로 눈물을 훔치고 있다. 천자문을 못 외워 훈장님한테 회초리라도 맞은 모양이다. 아이 오른쪽에 친구가 셋 앉아 있다. 한 친구는 한 손으로 살짝 입을 가린 채 우는 아이에게 소곤소곤 답을 가르쳐주는 것 같다. 또 한 친구는 책장 한 장을 슬며시 펼치며 '훈장님 몰래 봐' 하고 눈짓을 보내는 느낌이다. 나머지 한 친구는 아예 대놓고 책을 들이밀며 '이것도 모르니?' 하고 약 올리는 모양새다.

　우는 아이 왼쪽에는 다섯 친구가 앉아 있다. 한 명은 장가를 가서 갓을 썼는데, 또래보다 먼저 간 건지, 몇 살 형인지는 알 수 없다. 아무튼 장가 간 아이를 포함에 그 곁에 줄줄이 앉은 세 친구는 하나같이 킥킥거리고 있다. 친구가 훈장님한테 혼난 게 고소한 모양이다. 아, 갓 쓴 아이 옆에 앉은 녀석은 친구들이 웃으니까 괜히 덩달아 웃는 건지도 모르겠다. 친구들의 웃음에 비해 조금은 희미한 웃음이다.

줄 맨 끝, 다섯 번째 아이는 등을 보이고 앉아 있다. 표정을 볼 수 없으니 무슨 생각을 하는지 알 길이 없다. 실오라기 같은 단서가 하나 있긴 하다. 무릎에 가지런히 얹은 왼손이다. 단정하고 얌전한 자세로 보아 웃는 것 같지는 않다. 보통 웃을 때는 자세도 부드러워지고 느슨해지기 쉽다. 오른손은 소매에 가려 안 보이지만 팔이 반듯하게 내려와 있는 것을 볼 때 왼손과 비슷한 동작을 하고 있으리라 짐작된다. 이 아이는 친구의 울음에 마음 아파하고 있다는 추리가 가능하다.

단원 김홍도의 작품 〈서당〉 속 풍경이다. 그림에 조예가 얕은 내가 마음대로 그림을 읊어봤다. 김홍도가 살아 있다면 내 해석에 어떤 평가를 내릴지 묻고 싶다. 김홍도는 풍속화의 대가로 손꼽힌다. 국어사전에서는 풍속화를 '그 시대의 세정과 풍습을 그린 그림'이라 정의한다. 이것 역시 내 마음대로 '세상살이 풍경을 그린 그림'이라 표현해도 괜찮을지 모르겠다.

세상살이에서는 사람의 본성이 드러나기 마련이다. 가령 한일전 축구 경기를 텔레비전으로 보고 있는데 갑자기 정전이 된다면, 열에 아홉은 짜증을 부릴 것이다. 이 '짜증'이란 녀석은 사람의 솔직한 마음, 곧 본성이다. 〈서당〉의 아이들에게서도 본성을 엿볼 수 있다. 우는 친구를 도와주려는 마음, 조롱하는 마음, 안타까워하는 마음. 이 여러 가지 마음들 모두 본성이다.

마지막으로 남은 그림 속 인물, 훈장님이 참 흥미롭다. 훈장님의 표정에서는 두 가지 마음이 동시에 읽힌다. 우는 아이를 안쓰러워하면서도 한심하게 여기는 듯하다. 그래서 김홍도가 화폭에 담은 이 순간, 그 이후의 시간들이 궁금하다. 만약 아이가 점점 나아지는 모습을 보인다면 훈장님은 아이를 예뻐하지 않을까 싶다. 하지만 내일도, 모레도, 글피도 계속 부진하다면 한심하게만 볼 가능성이 높다. 어쩌면 학업 향상에 대한 기대를 깨끗이 접을 수도 있다. 아이가 무슨 짓을 하든 관심 끄고 냉랭하게 대할지도 모른다. 우리나라 대통령이 세월호 유가족에게 그랬던 것처럼.

아이들은 어떻게 달라질까. 공부 못해서 맨날 혼나고 맨날 우는 울보, 그래서 훈장님한테 버림받은 친구에게 어떤 태도를 보일까. 따돌리고 미워할 가능성이 높을 것 같다. 우리가 세월호 유가족에게 그랬으니 말이다. 우는 아이를 둘러싼 아이들처럼, 국민들은 세월호 유가족에게 다양한 반응을 보였다. 안타까워 함께 눈물 흘린 사람도, 성금이나 격려의 말로 도운 사람도 있었다. 일간베스트 회원들처럼 웃음거리로 삼은 사람도 존재했다. 그런데 시간이 흐를수록 많은 사람들이 차가워졌다. "세월호 지겹다", "정치에 이용하지 마", "언제까지 시체팔이 할래" 악을 쓰는 사람들이 늘어갔다. 지금도 계속 늘어가고 있는 느낌이다.

개인적인 바람이 있다면, 왼손을 무릎에 얹은 아이만은 친구를 가엾게 여기는 그 마음 변치 않았으면 좋겠다.

〈서당〉을 세월호 참사와 엮는 것에 어안이 벙벙한 사람도 있을 것이다. 조악한 음해라며 핏대를 세우는 사람도 있을 것이다. 화가 김홍도는 무리한 그림 해석으로 욕먹기를 자청할 필요가 있느냐며 날 격정해줄지도 모르겠다. 그런데 계획적으로 한 일이 절대 아니다. 어느 날 문득 내 눈에 보였다. 딸아이와 함께 김홍도 위인전을 읽다가 〈서당〉이 나오는 페이지에서 우연히 보았다. 오늘을 살고 있는 우리 모두의 초상肖像을. 그 초상에 점점이 아롱지는 세월호를.

박근혜 전 대통령에 관해 평생 잊지 못할 기억이 하나 있다. 2014년 10월 29일 시정연설을 위해 국회를 찾은 날 웃으면서 본청으로 들어가던 모습이다. 그때 대통령을 향해 "대통령님 살려주세요"라는 절규가 날아왔다. 대통령과 한 번만 만나기를 학수고대하던 세월호 유족들의 외침이었다. 대통령은 1초의 머뭇거림도 없이 유족들에게 눈길 한번 주지 않고 그대로 건물 속으로 빨려들어갔다. 대통령이 사라진 뒤에도 유족들의 살려달라는 애원은 애타게 메아리쳤다.

나는 뉴스에서 이 장면을 보고 소스라치게 놀랐다.

'쳐다보고 손이라도 한번 흔들어줄 수 있지 않나? 따뜻하게 안아주지는 못하더라도.'

세월호 참사 34일째인 5월 19일 대국민 담화를 했던 박근혜의 모습이 떠올랐다. 희생자 이름을 한 명씩 부르다 흘리던 눈물이 기억났다. 그때 그 눈물은 가식이었던 것인지, 울던 그 순간에는 진심이었지만 이제는 마음이 변한 것인지 혼란스러웠다. 나는 후자라고 생각하기로 했다. 그렇게 생각해야 마음이 편했다.

박근혜는 시정연설 후 본청을 나설 때도 유족들을 투명인간 취급했다. 더 이상 세월호 참사에는 관심이 없어 보였다. 참사 이튿날인 4

월 17일 유가족 앞에서 철저하게 진상을 밝히고 책임자도 처벌하겠다고 약속했던 일을 까맣게 잊은 사람 같았다.

사실 박근혜는, 유족들을 외면할 만했다. 10월, 이미 세월호는 정치 문제로 변해 있었다. 수사권과 기소권을 포함하는 세월호 특별법 제정, 성역 없는 진상 조사를 바라는 유족들의 요구는 법질서를 흔들고 대통령을 음해하는 행위로 치부됐다. 막막해진 유족들이 단식과 노숙으로 호소하고 야당에 하소연하자 정부와 여당은 불순한 정치 공세라며 펄펄 뛰었다. 언론은 국회가 세월호를 두고 힘겨루기를 하느라 민생·경제 법안이 찬밥 신세가 되었다고, 그래서 국민들이 먹고살기 힘들어 아우성이라고 호들갑을 떨었다. 그러면서 정부와 여당이 차려주는 푸짐한 밥상을 거절하는 유가족에게 넌지시 책임을 떠넘겼다. 일련의 상황 속에서 대통령은 짐짓 근엄한 태도로 불만을 표했다.

"대통령에 대한 모독이 도를 넘었습니다."

박근혜 전 대통령이 특별히 모질고 매정한 사람이라고는 생각하지 않는다. 그저 다른 본성이 깨어났을 따름이라 본다. 세월호 참사 직후 미흡한 대처로 지지율은 떨어지고, 비서실장마저 대통령의 행방을 몰랐던 '7시간'의 미스터리로 인해 진상 규명의 울타리에 자신이 둘러싸이자 발끈했던 것뿐이다. 세월호 유가족을 정치적 생명을 위협하는 존재로 느꼈던 지도자의 가슴에서 악한 본성이 고개를 든 것이다. 지킬과 하이드처럼, 누구에게나 선과 악, 빛과 어둠이 잠재해 있다. 환경과 조건에 따라 어느 한쪽이 떠오르고 다른 한쪽은 가라앉을 수 있다. 제18대 대통령 박근혜에게 그런 일이 일어났던 것이다. 왕좌를 지키려다 하이드가 된 박근혜에게 세월호 유가족은 고립시켜야 할 섬이었다. 박근혜의 바람대로 유족들은 점점 외로운 섬이 되어 갔다.

나의 관점에서, 박근혜는 떳떳할 수 있었다. 10월 29일 국회 본청 앞에서 유족들이 눈물을 뿌리기 전에 그들과의 약속을 모두 지켰기 때문이다. 본인이 5월 19일 대국민 담화에서 밝힌 바대로 정부는 구조에 무능했던 해양경찰청을 해체했고, 국민 안전 강화를 위해 국가 안전처 신설을 신속 추진했다. 대통령의 편이었던 검찰은 선심이라도 쓰듯 세월호 선장에게 사형을 구형했고, 10월 6일에는 급격한 조타와 복원력 상실을 세월호 침몰 원인으로 발표했다. 박근혜는 이로써 진상 규명도, 책임자 처벌도 모두 끝났다고 생각했던 모양이다. 사고 원인도 밝혀냈고, 책임자도 처벌했고, 안전 대책도 마련했으니 말이다. 그러므로 굳이 유가족을 만날 이유도, 눈길을 줄 필요도 없었을 것이다. 이미 박근혜의 마음속에서 세월호 참사는 처리가 끝난 민원이나 다름없었다. 아직 알고 싶은 것이, 풀고 싶은 것이 많았던, 그래서 수십여 일을 거리에서 지내다 달려간 유족들은 대통령에게는 진상 민원인일 뿐이었다.

죄 없는 대통령과 죄 많은 교회

2020년 3월 4일, "거대 야당을 중심으로 하나로 합쳐달라"는 메시지가 담긴 박근혜 전 대통령의 옥중서신이 공개되었다. 그 기사를 보고 역시 박근혜는 운명적 정치인이라는 생각이 들었다. 그래서 세월호를 버린 그 심정을 새삼 헤아리게 되었다. 정치인은 정치적 이익을 위해서라면 반인륜적 행위도 서슴지 않는다. 그것이 정치인의 생리다.

그렇다면 기독교의 지도자인 목사의 생리는 무엇일까. 혹은 무엇이어야 할까. 자신의 이익을 구하지 않고 예수님의 사랑을 실천하는 일이 아닐까 싶다. 그런데 많은 목사들이 세월호 참사에 있어서는 그러지 않았다.

한기총 부회장 조광작 목사   가난한 집 아이들이 수학여행을 불국사로 가면 될 일이지, 왜 제주도로 배를 타고 가다 이런 사달이 빚어졌는지 모르겠습니다. 박근혜 대통령이 눈물 흘릴 때 함께 눈물 흘리지 않은 사람은 다 백정입니다.

사랑의 교회 오정현 목사　정몽준 서울시장 후보 아들이 세월호 희생자 와 유가족을 "미개하다"고 비난했는데, 사실 틀린 말은 아닙니다.

명성교회 김삼환 목사　나라가 침몰하려고 하니 하나님께서 이 어린 학 생들, 이 꽃다운 애들을 침몰시키면서 국민들에게 기회를 준 겁니 다. 무슨 누구 책임, 이런 식으로 수습하지 말고 온 나라가 다시 한 번 반성해야 합니다.

한국 교회 유명 목사들의 세월호 관련 망언이다. 목사의 입에서 나 온 말이 맞나 싶을 만큼 천박하다. 잔인하다. 대통령의 눈물을 본 목 사들의 눈에는 세월호 유가족의 눈물은 안 보였던 모양이다. 아니면 권력에서 떨어지는 콩고물에만 집중하느라 못 본 것인지도 모른다.

　나는 박근혜 대통령이 눈물 흘릴 때 함께 울지 않았으므로 백정이 다. 백정인 나는 교회 세습 문제로 세간의 이목을 끌었던 김삼환 목 사의 말이 가장 인상적이다. 은근슬쩍 박근혜 정권을 옹호하고 있어 서다. 사고와 재앙을 '하나님의 뜻'으로 여기는 것은 그리스도인의 보편적 자세다. 즉, 김삼환 목사의 말은 이 보편적 마음가짐으로 "하 나님, 이 참담한 비극을 빚게 한 우리의 죄를 용서하시고, 이 땅을 긍 휼히 여기소서" 기도하면서 두루뭉술 넘어가자는 소리다. 대통령에게 죄를 묻지 말자는, 친정권적 설득이자 설교다. 김삼환 목사의 견해는 본인에게는 양날의 검이다. 세월호 참사가 하나님의 뜻이라면, 이를 계기로 권력의 비리와 사회의 부정부패를 청산하라는 뜻으로도 읽을 수 있는 것이다. 그러려면 책임자를 파악하고 그에게 책임을 묻는 행위는 필연적으로 수반될 수밖에 없다.

목사라고 해서 정치적 성향을 갖지 말라는 법은 없다. 어떤 정치가를 지지하든 그것은 목사의 자유다. 그러나 모든 일에는 때가 있는 법. 이때는 세월호가 바다에 잠겨 있고, 희생자 시신 인양은 아득하고, 실종자 아홉 명은 미궁에 빠져 있던 때였다. 유족들이 정치를 흔들고 경제를 망치는 주범으로 손가락질 받던 때였다. 목사라면, 적어도 대통령을 비롯한 권력자들에게 국민을 위해 권력을 사용해 달라는 충고를 해야 하지 않았을까. 혹시 그럴 마음은 있었지만 교회를 지키기 위해 말을 삼켰던 것은 아닌지……. 어쩌면 정권에 대항할 용기가 없었던 것인지도 모르겠다.

처음에 한국 교회는 세월호 희생자와 유가족을 위해 눈물로 기도했었다. 하지만 기도의 시간은 그리 오래가지 않았다. 교회가 기도하는 사이 교회 밖은 정권과 언론의 술수로 세월호에 염증을 느끼는 분위기가 팽배해져갔다. 어느새 '세월호'는 금기어가 되어버렸다. 교회 안에도 금세 그 영향력이 미쳤다. 교회는 오랫동안 지켜온 생존의 법칙대로 세상과 타협했다.

어느 세월호 희생자가 몸담고 있던 교회의 목사는 오마이뉴스와의 인터뷰에서 다음과 같이 증언했다. 그 목사가 피해를 입을까 봐

실명과 인터뷰 날짜를 밝히지 못하는 것을 양해 바란다.

"많은 세월호 가족들이 다니던 교회에서 쫓겨나거나 (우리 교회로) 떠나왔습니다."

해당 목사는 자신의 교회와 몇몇 교회가 교대로 분향소를 찾아가 유가족과 함께 예배를 드렸다고 했다.

어떤 것이 교회의 참모습인지 그리스도인이라면 다 알 것이다.

삼년상과 십년상

2019년 겨울의 문턱이었다. 검찰이 세월호 참사 특별수사단을 설치해 전면 재수사하겠다는 보도가 나오고 며칠 뒤였다. 식탁에서 어머니와 함께 커피를 마시며 교회 이야기를 짧게 주고받던 중이었다. 어머니가 뜬금없이 말했다.

"카카오톡에 세월호 리본, 이제 좀 바꿔라."

나의 카카오톡 프로필 사진은 세월호 노란 리본이다. 노란 리본은 무기력한 내가 할 수 있는 유일한 저항 수단이다. 달랑 한 개뿐인 서류 가방에도 노란 리본을 달고 다닌다.

"왜?"

"이제 그만해도 되잖아. 국민들이 그만큼 슬퍼해주고 위로해주고 그랬으면."

어머니가 교묘하게 세월호 유족들을 끌고 들어오는 바람에 불쑥 화가 났다. 나도 모르게 목소리가 조금 높아졌다.

"그만하긴 뭘 그만해! 아무것도 밝혀진 게 없는데."

생각보다 목소리가 너무 높았나 보다. 어머니는 다툼으로 번질 것을 우려했는지 더 대화를 이어가지 않았다. 커피잔을 들고 슬그머니 소파로 자리를 옮겼다. 나도 말없이 커피만 마셨다.

어머니 댁을 나와 집에 돌아온 뒤 곰곰 생각했다.

'왜 갑자기 세월호 리본에 태클을 걸고 그래?'

금방 떠오르는 대답은 없었다. 그냥 좋은 뜻으로 생각하기로 했다. 중도 우파인 어머니의 자잘한 아들 걱정 중 하나로. 세월호를 곱지 않게 보는 눈길이 많은데, 그 눈길이 아들한테도 향할까 봐 염려돼서 한 말일 거라고 정리했다.

밤에 아내와 두 딸이 모두 잠든 뒤 술 한잔했다. 부엌에서 맥주 한병에 새우깡을 곁들이며 청승을 떨었다. 안 그래도 얼마 전 세월호 참사 특별수사단 소식을 듣고부터 줄곧 우울하던 참이었다. 검찰이 덮은 세월호를 검찰이 다시 파헤친다는 것부터가 코미디였다. '정치 검찰' 혐의를 받는 검찰이 진실과 정의를 위해 싸우리라는 믿음도 싹트지 않았다. 정말 기대할 것 없다는 생각에 착잡하기만 했다. 그런데 오늘 쓸데없이 어머니가 기름을 부었다. 무엇보다도 어머니가 세월호에 대해 '다 끝난 일'이라는 생각을 갖고 있다는 것이 놀라웠다. 같은 편이 아닌 것 같아 섭섭하기도 했다.

문득 배우 A가 생각났다. 인터넷 신문에서 보았던 그의 한마디 말이 실제로 들었던 말처럼 귓가를 맴돌았다.

"대한민국 국민으로서 팔찌 하나 차는 건 어려울 게 없습니다."

A는 젊은 남자배우로, 2018년 1월 팬 미팅 자리에서 이 말을 했었다. 그가 차고 있다는 팔찌는 세월호 기억 팔찌다. 공인으로서 세월호 기억 팔찌가 부담스럽지 않냐는 진행자의 물음에 A는 담담하게 이런 대답을 내놓은 것이다.

A는 아내가 무척 좋아하는 배우다. 2017년 큰 인기를 끌었던 드라마 속에서 비친 반듯하고 멋진 모습에 푹 빠졌다. 나는 그 드라마를 보진 않았지만 A가 세월호를 기억하려 애쓰는 배우라는 것을 알고 진짜 반듯하고 멋진 사람이라 생각했다. 세월호 참사 3주년을 넘어서는 그 무렵 많은 사람들이 세월호를 기억 속에서 밀어내고 있었다. 기억하자는 목소리보다 그만하자는 목소리가 더 크게 울리고 있었다. 그런 시절에 A는 내게 값진 보석처럼 귀하게 느껴졌다.

기쁜 일이든 슬픈 일이든 마음에 꼭 붙잡아두고만 있으면 사는 데 큰 도움이 안 된다. 그것에만 매여 있으면 삶은 앞으로 나아가지 못하고 제자리걸음하거나 뒷걸음질하기 십상이다. 사람들은 그래서 세월호 이야기를 그만하자고 말한다. 경기가 얼어붙었고, 국제 정세는 한반도에 불리하고, 좌파 독재가 하늘을 찌르는데 왜 자꾸 세월호로 화를 돋우냐고 윽박지른다.

나도 그만두고 싶다. 카카오톡 프로필 사진도 예쁜 풍경 사진으로 바꾸면 좋겠다. 하지만 진실을 찾아내기 전까지는 절대 그만둘 수 없다. 그날이 오기 전까지는, A의 말을 빌려, "대한민국 국민으로서 노란 리본을 카카오톡 프로필 사진으로 쓰는 건 어려울 게 없습니다"라고 말하고 다닐 것이다.

아직 진실을 원하는 사람들이 남아 있다. 적지 않다. 나는 그들을 의지한다.

진실을 밝히기 위해 세월호를 잊어서는 안 된다고 애원하면 코웃음 치는 이들도 있다. 그들은 진실을 파묻든 캐내든 죽은 사람이 살아 돌아오지 않는 것은 매한가지라며 혀를 찬다. 백번 옳은 이야기다. 애석하지만 죽은 사람은 죽음으로 끝이다. 그러나 우리는 얼마나 많은 진실들을 그냥 묻어둔 채 살아왔는가. 시간이 많이 지났다는 이유로, 알아봐야 득볼 것도 없다는 이유로, 세상만 시끄러워진다는 이유로 빗물처럼 흘려보낸 진실들이 수도 없이 많지 않은가. 그래서 살림살이는 좀 나아졌는지 길을 막고 물어보고 싶다.

세월호가 가라앉은 직후 온갖 문제들이 수면 위로 떠올랐었다. 불법적인 선박 관리, 해양경찰청 비리, 무능하고 부패한 정부, 무책임하고 편향적인 언론……. 무거운 문제들과 직면한 많은 국민들이 한목소리를 냈었다. 이런 비극을 막으려면 깨끗하고 정의로운 대한민국을 만들어야 한다고. 그 목소리는 점점 줄어들더니, 언제부턴가 조용해졌다. 정말 우리는 우리 힘으로 그런 나라를 만든 것인가.

2020년, 깨끗하고 정의로운 대한민국을 만들자는 목소리가 여전히 곳곳에서 울려퍼진다. 보수 세력들의 집회 장소에서 특히 우렁차다. 그들은 목에 피를 토하며 문재인 정부를 무너뜨려야 이상적인 나라가 도래한다고 국민들을 세뇌한다. 세월호의 진실 규명은 나라를 망치는 지름길이라고 이간질한다. 나라를 망치지 않기 위해 세월호 유족과 유족 편에 선 이들을 때리기도 한다. 폭행을 저지르는 사람들

가운데 기독교인도 있을지 모른다. 광화문 광장 '세월호 기억공간'은 진실을 알고 있을 것이다.

배우 A는 2017년 세월호 참사 3주기를 맞아 참사 현장인 진도 팽목항에 다녀왔다. 나름대로 삼년상을 치르고 싶어서라고 했다. 나는 십년상을 치를 계획을 세우고 있다. 참사 10주기에 딸들과 함께 팽목항에 다녀올 예정이다. 그런데 솔직히 안 가게 되기를 바란다. 가까운 곳에 마련될 아무 분향소나 가기를 희망한다. 나의 십년상은 그때까지 진실 규명이 안 되었을 것을 가정하고 세운 계획이기 때문이다. 이 계획은 반드시 실패해야 한다.

돈의 힘과 나약한 국민

2019년 4월 16일 세월호 참사 5주년. 자유한국당 차명진 전 의원과 같은 당 현역인 정진석 의원이 세월호에 관해 막말을 뱉어냈다. 수년 동안 각계각층에서 쏟아낸 막말들과 별 차이가 없는 내용이어서 품을 들여 소개하지는 않겠다.

한 가지 꼭 짚고 넘어갈 것은 차명진 전 의원이 "(세월호 유가족이) 개인당 10억의 보상금을 받아"라고 언급한 부분이다. '10억 보상금설'도 사실 새로운 이야기는 아니다. 1주기를 며칠 앞두고부터 정부와 보수 언론에 의해 10억 언저리의 금액이 이슈화됐다. 조선일보와 동아일보의 애독자들은 생생하게 기억하지 않을까 싶다. 아무튼 이후 세월호 관련 기사에는 '10억이나 받았으면서'라는 의미가 담긴 악성 댓글이 심심찮게 달리곤 했다. 차명진 전 의원의 기사에도 같은 성격의 악성 댓글이 넘쳐났다. 많은 사람들이 '10억 보상금설'을 별 의심 없이 믿고 있었던 것이다. 5년이 되도록 진상 규명을 호소하는 유가족의 울음을 어마어마한 돈을 받은 욕심쟁이들의 몽니로 여겼던 것이다.

유가족이 국가로부터 개인당 10억을 받았다는 이야기는 사실이 아니다. 헛소문이다. 한참 못 미치는 돈을 받았다. 여기 정확한 액수를 명기하지 않는 것은 유가족에게 누를 끼치는 게 싫어서다. 돈 때문에 유가족이 받은 비난들을 모으면 박경리의 《토지》보다 긴 대하소설이 탄생할지도 모른다. 액수에 대해 기필코 알아야겠다면, 네이버 검색어 칸에 '세월호 보상금 10억'이라 입력해보기를 권한다. 서울신문, 국민일보, 연합뉴스의 2019년 4월 16일 자 기사에서 원하는 정보를 얻을 수 있다. 이 언론들은 보수 언론이므로 믿어도 좋다. 진보 언론의 기사는 '구라'라며 믿지 않는 것이 보수의 생리라는 것을 잘 알고 있다.

유가족에게 주어진 보상금의 실체는 정부가 구성한 '배상 및 보상 심의위원회'가 민법과 국가배상법에 따라 마련한 배상금이다. 배상금의 항목은 일실수익(살아 있을 경우 노동으로 예상되는 수익), 위자료, 개인휴대품비, 지연손해금 등이다. 배상금 외에 유가족은 국민들이 자발적으로 낸 성금과 보험료도 받았다. 이 세 가지를 모두 더해도 10억과는 거리가 먼 금액이다. 게다가 상당수 유족들은 배상금을 거부했다. 그 대신 국가의 책임을 법적으로 묻기 위해 법원에 국가를 상대로 손해배상을 청구했다. 잘못한 사람이 누구인가를 확실히 해두는 것이 더 중요했던 것이다. 2018년 7월 19일, 1심 법원은 '부실 구조'를 이유로 원고 일부 승소 판결을 내렸다. 비록 국가의 책임을 일부로 제한했지만 분명 잘못을 인정한 것이다(유족들은 국가의 책임 범위에 동의하기 어려워 항소했고, 현재 항소심 진행 중이다). 이런 사연에는 눈과 귀를 닫은 채 '10억 보상금설'만 진실이라 우기며 유가족을 비난하는 것은 바람직하지 못하다. '깨시민(깨어 있는 시민)'의 모습은 결코 아니다.

보상금은, 돈은 정치권과 언론이 의도적으로 유가족에게 씌운 올가미다. 세월호 참사가 일어난 바로 그날부터 MBC는 〈특집 이브닝뉴스〉에서 유가족이 받을 보험금 이야기를 꺼냈다. 이를 신호탄으로 보수 언론들은 돈과 관련된 기사를 경쟁하듯 생산해냈다. 유가족이 거액의 보상금을 요구한 것처럼 진실을 오도했고, 보험금과 국민 성금까지 슬며시 끼워 넣으며 보상금 액수를 거짓으로 부풀렸다. 보상금 액수 부풀리기는 당시 민변 변호사로서 유가족을 도왔던 박주민 의원도 꼬집은 바 있다.

여론이 조금씩 돌아서는 기미를 보이자 언론은 더욱 탄력을 받았다. 실종자 수색과 시신 인양에도, 세월호 인양에도 천문학적인 돈이 든다며 설레발쳤고, 세월호 특별조사위원회가 엄청난 세금을 낭비한다며 딴지를 걸었다. 이들 보도 중에는 오보도 많았다. 딱 하나만 예를 들면, 2016년 4월 16일 자 조선일보 사설이다. 사설에는 "세월호 특별조사위원회라는 기구도 미국 9·11테러조사위원회가 21개월간 쓴 1500만 달러(170억 원)의 2배가 넘는 369억 원의 예산을 쓰고 있"다는 내용이 나온다. 특조위에 배정된 예산은 150억이었다. 며칠 뒤 조선일보는 무성의한 정정보도를 사설과 다른 지면에 몇 줄 실었다.

고의가 의심되는 대목이었다. 조선일보는 이런 식으로 오보와 정정 보도를 번갈아 내는 일을 수차례 반복했기 때문이다.

중요한 것은 돈의 문제가 유가족과 국민을 갈라놓는 기폭제의 역할을 했다는 것이다. 많은 국민들이 경제도 어려운데 '내가 낸 세금'을 펑펑 쓰는 유가족에게 따가운 눈총을 보내기 시작했다. 그 눈총에서 특조위도 자유롭지 못했다. 더욱 불을 지핀 것은 천안함 피격 사건 유가족과의 비교였다. 조선일보와 동아일보가 선구자처럼 세월호 유가족의 보상금이 천안함 유가족의 보상금보다 많다는 보도를 냈고, 이어 군소 언론들이 다양한 아류작들을 만들어냈다.

액면가만 보면 이 정보는 사실이다. 하지만 천안함 유가족에게는 연금을 지급하므로 실상 세월호 유가족에게 더 특혜를 주었다고 보기는 어렵다. 천안함 유가족의 보상금 이야기도 더는 구체적으로 언급하지 않겠다. 역시 유가족의 가슴에 생채기를 남길 수 있다는 것이 그 이유다. 액수가 궁금한 사람은 상기한 세 언론의 기사를 살펴보도록. 셋 중 하나에 액수가 명기되어 있다. 여담이지만, 나만의 생각이지만, 언론이 줄기차게 세월호와 천안함을 금전적으로 비교하는 행위가 천안함 유가족과 관계자들에게 적잖이 상처가 되리라 짐작된다. 자신의 상처가 돈과 관련되어 세상에 기억되는 것이 유쾌한 사람은 드물 것이다.

본질은 보상금의 많고 적음이 아니다. 세월호도, 천안함도 모두 비극이라는 점이다. 가슴 아픈 사례들을 거울삼아 다시는 비극이 되풀이되지 않도록 지혜를 모으고 대책을 세우는 일에 힘쓰는 것이다.

그러나 정권과 언론은 엉뚱한 일에 힘을 썼다. 애처로울 정도로 안간힘을 쓴 결과 멋지게 목표를 달성했다. '돈의 힘'으로 많은 국민들이 유가족에게 등 돌리게 만들었다. 진상 규명에는 국민의 지지와 응원이 절대적이었다. 이를 잃어버린 상태에서 진상 규명을 위한 노력은 고독한 순례의 길이 될 수밖에 없었다.

돌아와요, 기억할게

"박근혜 정권과 새누리당이 조직적으로 (세월호) 특조위 조사활동을 방해하고 위법하게 강제해산시키는 과정에서 역할을 함으로써 세월호 참사 진상규명을 방해하고 국민들과 피해자들에게 씻을 수 없는 상처를 안겼음을 인정하며 반성한다."

오마이뉴스의 2019년 4월 10일 자 기사 〈세월호 훼방꾼의 반성문〉에 실린 황전원 위원의 발언이다. 황전원 위원은 자유한국당 추천으로 2기 특조위 상임위원으로 임명된 인물이다. 그는 1기 특조위 때도 자유한국당의 전신인 새누리당의 추천을 받아 활동했다. 위 발언은 정권의 앞잡이로서 1기 특조위를 방해한 자신의 처신을 반성하는 고백이다.

솔직히 황전원 위원의 고백을 기사로 접하고 반신반의했었다. 진심일까 연극일까. 2020년 참사 6주기를 앞둔 지금까지 큰 잡음이 새어나오지 않는 걸 보면 진심이었던 모양이다. 훗날 황전원 위원이 어떻게 변할지 장담할 수는 없지만, 세월호를 짓밟은 권력자들이 그처럼 반성하는 모습을 보이기를 희망한다. 특히 교회가 솔선수범해서 참회한다면 더할 나위 없이 기쁠 것 같다.

2014년 겨울, 세월호 인양 촉구 범국민 청원 운동이 일어났다. 국무총리실에 인양을 촉구하는 내용의 팩스를 보내는 운동이었다. 나는 이듬해 1월에 청원 운동에 참여했다. 팩스를 보낼 때 정말 간절한 마음이었다. 하지만 먹고살기 바쁘다 보니 간절함은 차츰 사그라지고, 세월호는 삶의 우선순위에서 조용히 밀려나게 되었다. 그러다 세월호 인양 소식에 다시 정신이 반짝 들었다.

2017년 3월 25일이었던 것으로 기억한다. 세월호는 인양 작업 사흘 만에 바다 위로 떠올라 선체를 오롯이 드러냈다. 곳곳이 녹슬고 찢겨 누더기가 되어 있었다. 화사한 모습으로 떠났다가 누추한 모습으로 돌아온 세월호에 가슴이 먹먹했다. 부디 진실도 함께 돌아왔기를, 그렇게 비는 것 외에 할 수 있는 일이 없었다.

하지만 아직도 진실은 혼자 바닷속을 여행하는 중이다. 어쩌면 바다가 지겨워 하늘로 날아올랐는지도 모르겠다. 혹시 돌아오기를 꿈꾸는데 길을 잃어 헤매고 있는 것은 아닌지, 아니면 너무 오래 세상과 떨어져 있어 돌아오기가 두려운 것은 아닌지……. 나와 같은 힘없는 소시민들이 진실을 돌아오게 하는 방법은 오직 한 가지, 기억이다. 진실과 만나는 날, 모두가 행복하게 세월호를 잊었으면 좋겠다.

2020년 삼일절에 슬픈 소식을 들었다. 세월호 참사 단원고 희생자의 아버지가 숨진 채 발견된 것이다. 유서를 발견 못한 경찰은 극단적인 선택을 한 것으로 판단된다고 발표했다. 그날 나는 시간차를 두고 몇 차례 댓글을 확인했다. 선의의 댓글도 꽤 있었지만, 역시나 악성 댓글도 많이 눈에 띄었다. 그런데 전체적으로 댓글의 개수가 많지 않았다. 다른 언론 같은 내용의 기사도 댓글이 적기는 마찬가지였다. 모든 기사가 대체로 낮은 열독률을 보였다. 그것이 지금 세월호가 처한 현실이었다.

이 글을 써내려가다가 언뜻 생뚱맞은 생각이 들었다.

'김홍도가 세월호 참사를 소재로 풍속화를 그린다면 어떤 작품이 나올까?'

재앙은 정말 하나님의 뜻일까?

기독교인이 아니더라도 노아의 방주 사건, 모세의 이집트 탈출기 정도는 알 것이다. 하나님은 노아의 시대 죄에 덮인 세상을 쓸어버리려고 홍수를 일으키셨다. 모세의 시대에는 자신의 이스라엘 백성들을 구하려고 이집트의 파라오에게 열 가지 재앙을 보내셨다. 즉 재앙에 '뜻'을 담으셨다.

식당에서 종종 만날 수 있는 욥의 경우는 어떤가? 누구나 한번쯤은 식당에서 "네 시작은 미약하였으나 네 나중은 심히 창대하리라"라는 문구가 적힌 액자를 보았을 것이다. 이 말씀은 욥기 8장 7절이다. 욥은 하나님께 재앙의 종합선물 세트를 받았다. 자식을 잃고, 재산을 잃고, 병을 얻었다. 하나님은 욥의 믿음을 시험하고 싶어서 욥을 고통에 빠뜨린 것이다. 욥에게 알려주지도 않은 채. 그런데 빌닷이라는 친구가 욥을 찾아와 염장을 질렀다.

"네가 깨끗하고 정직하게 살면 하나님이 자비를 베푸실걸? 네 시작은 미약하지만 나중에는 심히 창대해질 거라고."

한마디로 죄의 대가로 이런 재앙을 당한 것이니 회개하라는 소리였다. 여기서 욥기 8장 7절을 주목하자. 이 말씀은 하나님이 직접 하신 말씀이 아니라 빌닷의 말씀이다. 빌닷이 자기 생각대로 하나님의 뜻을 재단해 욥에게 건넨 말이다. 자칫 위험할 수 있는 발언이다. 빌닷의 말대로, 하나님은 '나중에' 곱절로 욥에게 갚아주셨지만, 만약 다르게 역사하셨다면, 빌닷은 "여호와의 이름을 망령되게" 부른 죄인이 될 뻔했다.

어려움에 처했을 때 하나님의 뜻을 알아내려는 기독교인들이 많다. 그런데 빌닷처럼 본인의 입맛대로 하나님의 뜻을 해석하다가 낭패를 보는 경우가 적지 않다. 피타고라스가 괜히 인간은 만물의 척도라고 말한 것이 아니다. 목사들 중에는 빌닷이 더 많다. 지진, 화재, 태풍, 전염병 등이 일어났을 때 그런 목사들이 꼭 하나둘 매스컴을 장식한다. 하나님의 뜻을 들먹이며 회개를 촉구하다가 여론의 몰매를 맞는다. 세월호 참사 때 김상환 목사가 그랬다. 코로나19가 한창 뜨거울 때 전북의 한 대형교회 목사도 "대한민국이 하나님의 은혜를 잊고 교만해져서" 전염병이 퍼졌다는 말을 했다. 목사들이 옳을 수도 있다. 핍박을 두려워하지 않고 신앙의 신념대로 발언하는 것을 하나님께서 기뻐하실 수도 있다.

그러나 재앙의 상황에서 하나님의 뜻을 전파할 때 신중하고 또 신중해야 한다. 목사 본인의 뜻은 아닌지 스스로에게 거듭 질문해야 한다. 목사의 한마디는 평신도의 말보다 영향력이 크므로 한 번 죽은 사람을 두 번 죽일 수 있다. 재앙을 당한 사람은 하나님의 뜻을 알기보다 그저 위로와 격려, 도움을 더 원할지도 모른다.

마지막으로 욥기 8장 7절에 대해 한마디만 더한다. 이것은 개업할 때는 힘들어도 나중에 장사가 번창한다는 뜻의 말씀이 아니다. 죄를 회개하면 훗날 다시 복을 받을 것이라는 말씀이다.

chapter 5

네 이웃의 종교를
네 종교처럼 사랑하라

2020년 3월 29일까지의 기록

첫 번째 고양이를 만난 쥐의 변명

"쥐도 궁지에 몰리면 고양이를 문다"라는 속담이 있다. 쥐의 행동은 잡아먹힌다는 공포심이 공격성으로 발현되는 현상이다. 정신분석학자 프로이트는 '공격'을 '쌓인 긴장을 방출하려는 선천적인 본능'으로 분석했다. 이 속담과 맞물리는 이론이다. 3장에서 기독교의 공격성을 마리 앙투아네트 증후군에 빗대 설명한 바 있다. 프로이트의 이론을 대입하면 기독교의 공격성에 대한 설명이 한결 똑떨어진다. 당연히 속담에도 잘 들어맞는다. 다른 점이 있다면 기독교는 쥐가 아니라는 사실이다. 조금만 위협이 느껴지거나 신경에 거슬리면 쥐인 척 굴기는 하지만.

기독교, 특히 보수 기독교는 반대하는 정권뿐 아니라 다른 종교에도 공격적이다. 공격하지는 않더라도 배타적인 태도를 취한다. 심지어 같은 하나님과 같은 구세주를 믿는 천주교에도 그런다. 요즘엔 살짝 불편해하는 정도지만 옛날엔 공격도 가했다. 그 '옛날'이란 '자유당 때'다.

1954년 사사오입 개헌으로 중임 자격을 거머쥔 이승만. 그는 2년 뒤 자유당 대통령 후보로 3선에 도전했다. 상대는 민주당 대통령 후보 신익희였다. 그런데 신익희가 유세 도중 뇌일혈로 급사하는 일이 일어났고, 막강한 라이벌이 사라지자 이승만의 3선이 기정사실화되었다. 관심은 부통령 선거로 모아졌다. 자유당 후보 이기붕과 민주당 후보 장면의 대결이었다. 이 승부도 결과를 쉽게 가늠하기 어려웠다. 장기 집권을 꿈꾸던 자유당은 필승 전략으로 흑색선전을 선택했다. 장면의 종교인 천주교를 문제 삼은 것이다.

자유당의 대통령 후보 이승만은 교회 장로, 부통령 후보 이기붕은 교회 권사였다. 그들의 자유당에는 '기독교동지회'라는 크리스천(개신교인 한정) 모임이 있었다. 이 모임이 흑색선전을 주도했는데, 그 내용이 참 유치했다. 천주교는 교황의 지배를 받는 집단이라 장면이 부통령이 되면 나라를 바티칸 교황청에 팔아먹는다는 낭설을 조작한 것이다. 정치 공세인 동시에 천주교에 대한 종교 공세였다. 그러나 공세의 보람도 없이 부통령 자리는 장면에게 돌아갔다. 자유당은 이승만의 왕좌를 사수한 것에 만족해야 했다. 부통령 장면은 참다운 크리스천(천주교인 포함)이었다. 그는 크리스천답게 천주교를 공격한 것에 대해 보복하지 않았다.

부통령 자리를 빼앗긴 이승만은 1958년 5·2 총선이 다가오자 종신 집권에 위기를 느꼈다. 그 위기를 돌파하고자 또다시 장면의 천주교를 들쑤셨다. 천주교 구호단체가 세금을 횡령하고 구호물자를 민주당 정치자금으로 사용했다는 가짜뉴스를 만든 것이다. 1959년 4월 30일에는 정부 비판에 적극적이었던 경향신문을 허위보도를 구실로 폐간하기도 했다. 이와 같은 천주교에 대한 박해는 온 국민을 기만하는 행위로 발전했다. 이듬해 3·15 부정선거를 감행하며 대역죄를 저지른 것이다. 3·15 부정선거로써 이승만 정권은 갖은 악행을 스스로 집대성했다. 그 대단원의 막은 4·19 혁명에 의한 몰락이었다.

기독교인의 관점에서는 이승만 대통령의 패가망신이 하나님이 내린 천벌일 수도 있다. 물론 이승만 대통령 본인이 어떤 의미로 받아들였는지는 알 길이 없다. 참고로 경향신문 폐간에 앞장선 공보실장 전성철은 목사, 3·15 부정선거를 지휘한 내무장관 최인규는 집사였다.

2014년 8월 14일 프란치스코 교황이 한국을 찾았다. 박근혜 대통령의 네 차례에 걸친 공식 요청 끝에 이루어진 국빈 방문이었다. 교황은 광화문에서 이례적으로 직접 시복식도 집전했다(바티칸 교황청 외 다른 장소에서 시복식을 거행할 때는 대리 집전이 관례). 교황의 방한을 앞두고 청와대와 천주교와 기독교는 동상이몽을 그렸다. 청와대는 세월호 정국이 잠잠해지기를, 천주교는 한반도에 평화가 내리고 복음이 번지는 계기가 되기를 꿈꾸었다.

기독교는 천주교와 비슷한 희망을 품으면서도 천주교 신자가 늘어날까봐 내심 걱정했다. 천주교로 갈아타는 기독교인이 많아질까 조바심내기도 했다. 교황 방한 약 한 달 전, 국민일보에서 주요 목회자와 신학대 교수 20여 명을 대상으로 교황의 방문이 기독교에 미치는 영향에 대해 설문을 실시했는데, 그와 같은 우려를 비치는 답변이 공통적으로 나왔다. 다행인 점은 교황 방한을 대체로 긍정적으로 평가하고 있었다는 것이다. 설문 결과, 교황 방한을 한국 교회의 자성과 갱신의 기회로 삼자는 데 의견이 모아졌다고 한다. 교리의 차이는 있지만 기독교와 천주교가 예수 안에서 하나라는 의식을 고양시켜야 한다는 의견도 많이 나왔다고 한다.

실제로 천주교와는 다소 껄끄러운 보수 기독교에서도 극렬 반대하는 모습은 드물었다. 때문에 표면적으로는 보수 기독교와 진보 기독교의 입장이 크게 엇갈리지 않은 듯 보였다. 보수 쪽에서 우려를 표하는 선에 그쳤던 까닭은 아무래도 박근혜 대통령과의 관계 때문이 아닐까 짐작된다. 교황 방한에 대통령의 역할이 컸고, 두 인사의 공식 만남까지 약속된 마당에 적극 반대하기는 어려웠을 것이다. 정부에 불리한 세월호 정국을 잠재우는 데 교황이 약이 될 수 있다는 판단이 섰을 가능성도 있다.

교황 방한을 격하게 반대하는 보수 기독교의 움직임이 '일부' 있기는 했다. 로마가톨릭&교황 정체 알리기 운동연대와 세계교회협의회WCC 반대운동연대는 교황 방한 이틀 전 일산 킨텍스에서 가톨릭(교황이 수장인 로마가톨릭교, 즉 천주교) 반대 대성회를 열었다. 이때 100여 교회에서 1만여 명 교인이 집결했다. 이들은 교황 방한 일정 중인 8월 16일에는 교황방한대책협의회와 어우러져 청계천 한빛광장에서 기도회를 열기도 했다. 소수였던 탓인지 이 집회들이 대대적인 반향을 일으키지는 못했다.

그러나 '기독교는 으레 타 종교를 배척하는 집단'이라는, 우리 사회의 기존 인식을 환기시키기에는 충분했다. 크리스천에게는 '일부'로 보이는 것이 비크리스천에게는 '전부'로 보일 수 있다. 특정 집단에 속한 한 사람의 언행은 대표성을 띠는 법이다. '100여 교회 1만여 명 교인'은 기독교 전체를 놓고 보면 보잘것없는 수치이지만, 예수를 믿지 않는 사람들 눈에는 결코 낮은 수치가 아니다. 그러므로 기독교인은 정말 조심하고 자성할 필요가 있다. 의무가 있다.

더 주목할 점은 이들 단체가 교황 방한을 반대한 이유다. 이들은, 마리아 형상을 만들고 죽은 자를 축복하는 시복식을 행하는 천주교는 우상 숭배 종교라고 주장했다. 그런 불온한 종교가 대한민국 중심부인 광화문에서, 한 번도 종교 집회가 열린 적 없는 그곳에서 시복식을 하는 것을 두고 볼 수 없다고 했다.

일단 광화문에서 천주교 집회가 열린 점에 억울해할 필요는 없을 것 같다. 박정희 대통령은 종교 집회가 열린 적 없는 여의도 광장을 선뜻 기독교의 집회 장소로 내주었으니 말이다.

우상 숭배 종교라는 주장은 사실 새로운 화두는 아니다. 기독교가 오랜 세월 품고 있는 관념으로, 천주교와 어색한 동반자로 지낼 수밖에 없는 이유이기도 하다. 구원관에서 충돌이 일어나는 지점인데, 자세한 이야기는 잠시 미뤄두고자 한다.

여하튼 일부 보수 기독교 단체의 반대 행동은 몹시 아쉽다. 종교적 신념에 따른 용감한 행동을 한 번만 꾹 참았으면 어땠을까 싶다. 교황 방한은 단지 천주교만의 종교 행사가 아니었다. 국가 행사이기도 했다. 박근혜 정부는 비록 세월호를 계산에 넣기는 했지만 한반도 비핵화 및 남북문제, 한일 관계 및 일본군 위안부 문제 등을 교황과 의논할 계획도 세우고 있었다. 즉 교황 방한은 종교의 힘으로 우리 사회 여러 긴장과 갈등을 조금이나마 누그러뜨릴 수 있는 기회였다. 정권의 셈속과 상관없이 세월호 유가족에게는 위로받을 수 있는 짧은 시간이었다.

어떤 종교든 전도와 선교가 성공하려면 사람들에게 사랑과 신뢰를 얻는 것이 우선이다. 기독교는 예수를 땅끝까지 전해야 하는 사명을 받은 종교다. 사랑과 신뢰가 절실하다. 그럼에도 오늘날 기독교는 미움과 불신을 더 사고 있다. 교황 방한에 반대하는, 이기적이고 편협한 모습 때문일 것이다. 누구를 탓하겠는가. 모든 책임은 온전히 기독교의 몫이다.

두 번째 고양이를 만난 쥐의 변명

기독교는 신도 다르고 구세주도 다른 불교에게는 상대적으로 거칠었다. 긴말할 것 없이 몇 가지만 열거한다. 새천년 개막 이후 벌어진 다양한 유형의 가해 행동들이다.

1. 2000년 동국대학교 훼불 – 동국대학교 캠퍼스 안 불상에 빨간 십자가를 그리고, 기단에 '오직 예수'라고 낙서
2. 2010년 KTX 울산역 '통도사' 부기 명칭 반대 – 울산기독교총연합회가 신설 역 명칭에 통도사를 부기하는 것에 반발. 논란 끝에 역명은 '울산역(통도사)'으로 결정
3. 2010~2011년 '국고 지원 템플스테이' 반대 – 특정 종교 편향을 문제 삼은 기독교와 국가 지정 전통문화 프로그램인 템플스테이를 지키려는 불교계가 대립. 현재 국고 지원으로 템플스테이 진행 중
4. 2010년 봉은사 땅밟기 기도

5. 2016년 김천 개운사 훼불

다섯 가지 사건 가운데 봉은사 땅밟기 기도와 김천 개운사 훼불을 상징적인 보기로 들고 싶다.

2010년 10월 가을 기운이 무르익었을 때 유튜브에 '봉은사 땅밟기'라는 제목의 동영상이 올라왔다. 특정 기독교 모임의 한 무리 청년들이 서울 봉은사 대웅전 앞에서 예배하고 기도하는 모습이 담긴 동영상이었다. 그들은 타 종교 시설 안에서 '땅밟기 기도' 의식을 치른 것이다. 서울 한복판에 자리한, 거대한 우상 숭배의 터전을 하나님의 땅으로 만들겠다는 것이 기도의 목적이었다. 불교계는 발칵 뒤집어졌다. "기독교는 다른 종교를 포용하라", "불교는 우상을 숭배하는 종교가 아니다"라는 항변을 토해냈다. 비종교인들도 대부분 불교의 편을 들며 기독교의 몰상식한 행동을 성토했다. 결국 청년들과 지도 목회자는 봉은사를 찾아가 주지에게 머리 숙여 사과했다.

땅밟기 기도란 기도자가 발 딛고 선 그곳을 달라고 하나님께 간구하는 기도다. 복음이 없는 곳에 복음이 내리게 해달라는 속뜻을 품고 있다. 땅밟기 기도는 주먹만 휘두르지 않을 뿐 다분히 공격적인 행위다. 복음을 반대하는 세력의 멸망을 바라기 때문이다. 비기독교인 입장에서는 동조하기 어려운 기도다. 멀쩡한 땅주인을 몰아내고 그 땅을 날름 차지하려는 도둑질로 보일 수도 있다.

기독교에서는 땅밟기 기도의 근거를 아브람과 여호수아에게서 찾는다. 창세기 13장 17절에서 하나님은 아브람에게 "그 땅(가나안 헤브론 지방)을 동서남북으로 두루 다녀라. 내가 그 땅을 네게 주겠다"하고 말씀하신다. 여호수아는 7일 동안 성벽 둘레를 걷기만 해서 적군의 여리고성을 무너뜨린 주인공이다. 한 일이 한 가지 더 있다면 양뿔 나팔을 대차게 분 것뿐이다. 여호수아는 이 승리로 온 땅에 이름을 떨쳤다.

하지만 아브람과 여호수아 모두 땅밟기 기도라는 의식을 통해 하늘의 복을 받은 것이 아니다. 믿음 덕분이었다. 아브람은 하나님이 그 땅에 가라고 해서 갔고, 여호수아는 그 성을 돌라고 해서 돌았다. 하나님은 믿음으로 순종하면 '이루어질 것'을 미리 약속하셨다. 두 사람은 약속의 말씀을 의심 없이 따랐다. 의식은 껍데기에 불과했다.

물론 땅밟기 기도에 열심인 사람들도 믿음으로 행하기는 마찬가지다. 웬만한 믿음이 아니라 굳센 믿음이다. 적의 땅을 밟으며 점령을 꾀하는 일은 새가슴인 사람은 엄두도 못 낸다. 봉은사 대웅전, 그 적진의 심장부로 침투한 청년들은 다윗과 같은 강심장일지도 모른다. 그런데 그 좋은 믿음으로 예배당에서 기도하면 안 되는 것인가. 집에서 기도하면 응답이 오지 않을까 불안한 것인가. 땅밟기 기도를 다니는 성도들은 스스로를 찬찬히 톺아볼 필요가 있다. 의식의 힘을 의지하고 있지는 않은지 말이다.

더군다나 땅밟기 기도의 마음으로 드리는 기도 자체가 바람직하지는 않다고 본다. 그것은 기독교의 근본인 사랑과는 어울리지 않는 기도다. 사랑은 누군가의 멸망을 바라지 않는다. 적이라 해도, 원수라 해도 멸망보다 변화를 기도하는 것이 사랑이다. 예수의 사랑이다.

물론 실천하기 매우 어려운 사랑이다. 쉽지 않기에 사랑은 귀하고 가치 있는 것 아니겠는가.

땅밟기 기도는 다른 종교를 적대시하는 마음에 바탕을 둔다. 온 세상에 복음이 가득하기를 소망하는 그리스도인에게 적개심은 버려야 할 마음 영순위다. 다른 종교를 적으로, 원수로 삼기보다 전도의 대상으로 삼는 것은 어떨까(물론 다른 종교 입장에서는 불쾌할 수 있지만). 세상 모두가 복음을 받아들여 함께 예배하는 모습은 하나님 보시기에 참 아름다울지도 모른다.

나도 땅밟기 기도에 동원된 적 있다. 땅밟기 기도를 하는 줄 모르고 갔기에 '동원된'이라는 표현을 쓴 것이다. 때 2008년 여름, 장소 몽골 울란바토르. 교회 청년들과 7일 동안 울란바토르의 변두리 마을로 단기 선교를 갔었다. 주민들과 함께 예배드리고, 아이들에게 한글, 미술, 음악 등을 가르치며 6일을 알차게 보냈다. 마지막 7일째, 단기 선교단은 버스를 타고 울란바토르 시내로 나갔다. 몽골의 수도이지만 도시는 소박하고 한적한 느낌이었다. 그런데 한순간 차창 밖으로 거대한 불상이 눈에 들어왔다. 도시 한복판 아찔한 높이의 불상 너머로는 만만한 높이의 산이 보였다. 광화문에 우뚝 선 이순신 동상 너머 북악산, 이 풍경을 연상하면 똑 맞을 것이다. 다만 불상의 키는 이순신 장군보다 훨씬 크다. 나중에 키가 25미터라는 소리를 들었다. 또한 한국 불교계에서 선물한 것이라고 한다.

"자, 여기서 다 내린다. 등산할 거니까 마음 단단히 먹고."

목사님의 말에 다들 어리둥절했다. 등산 일정에 대한 사전 공지가 전혀 없었기 때문이다. 교회 몇 곳 방문하는 게 다인 줄 알았다.

만만하게 보였던 산이 막상 오르니까 만만치가 않았다. 엿새 동안 쌓인 피로는 발걸음을 더 무겁게 만들었다. 어찌어찌 정상을 밟으니 그래도 기분은 좋았다. 탁 트인 풍경이 눈과 가슴에 들어왔다. 그 와중에도 거대 불상은 어쩔 수 없이 시선을 사로잡았다. 동그라미 안에 꽂아둔 긴 막대기 같아서 도무지 눈에서 벗어나지 않았다.

"우리 손잡고 원을 만들자."

잠깐의 풍경 감상을 끝낸 뒤 우리는 강강술래 대형으로 원을 만들었다. 대열이 갖춰지는 순간 설마설마했다. 그런데 설마가 현실이 되었다.

"땅밟기 기도를 하자. 저 불상이 무너지고, 하나님의 교회가 이 땅에 세워지도록."

목사님은 다 같이 통성으로 기도할 것을 주문했다. 다들 착실하고 믿음 깊은 청년들이라 순순히 그 주문에 따랐다. 얼굴에 거부감이 드러나는 청년도 없는 듯했다. 내 얼굴에서는 티가 났는지 모르겠지만, 내 마음에서는 저항감이 소용돌이쳤다. 인적은 없었다. 우리 일행뿐이었다. 목사님이 왜 우리를 산으로 끌고 왔는지 알 것 같았다. 이 산은 어떤 위험 없이 마음 놓고 땅밟기 기도 의식을 치를 장소로 안성맞춤이었던 것이다.

'기왕 할 거면 불상 앞에서 해야 하는 거 아냐? 목사님한테 그럴 용기는 없는 거야? 설마 하나님이 지켜주신다는 믿음이 없는 건 아닐 텐데……'

복잡한 생각에 휩싸여 있는 사이 땅밟기 기도가 시작되었다. 나도 비겁하게 그 의식에 참여했다. 하지만 입을 다문 채 기도를 드리지 않았다. 다른 사람들의 기도 소리를 듣기만 했다. 기도가 끝날 무렵 나는 딱 한 줄의 기도를 작은 소리로 드렸다.

"하나님, 몽골 땅에 주님의 사랑을 심어 주시옵소서."

산을 내려오는데 올라올 때보다 발걸음이 더 무거웠다. 마음도 천근만근이었다. 단기 선교 내내 최선을 다했다고, 예수의 사랑을 전하는 데 나름 노력했다고 자부하고 있던 참이었다. 그런데 공격적인 선교 행위로 나의 선교를 매듭짓고 싶지 않았다. 선교에 쏟은 모든 노력이 물거품으로 변해버린 기분이었다. 목사님 앞에 땅밟기 기도는 옳지 않다고 당당하게 말하지 못한 나 자신이 비굴하게 느껴졌다.

2020년 현재 불상은 우리의 땅밟기 기도에 아랑곳없이 자애로운 자태로 서 있다. 하나님은 왜 우리 기도를 안 들어주셨는지 알 길이 없다. 아직 때가 아니어서일까.

2016년 김천 개운사 훼불은 어느 극렬 기독교 신자의 일탈행위였다. 혼자서, 혼자만의 계획으로 법당의 불상과 불구(佛具)를 내동댕이치고, 법당 안도 아수라장으로 만들었다. 현장에서 사찰 관계자들에게 붙잡힌 그는 "절도 성당도 우상이라 다 없애고 불 질러야 한다"며 분노했다고 한다.

한 기독교인의 범죄에 대해 엉뚱한 사람이 대신 사과했다. 그는 서울기독대학교의 B교수였다. B교수는 개운사 측에 타 종교를 향한 기독교의 배타적 행동을 사과한 뒤 법당 복구 비용을 물겠다며 모금까지 했다. 이에 서울기독대는 B교수를 파면했다. B교수의 행동이 '그리스도교회협의회 신앙 정체성에 부합하지 않는다'는 것이 파면 이유였다. 파괴의 대상인 불교를 돕는 것은 기독교 정신에 반한다는 소리다. 한국 기독교가 다른 종교에 대해 품고 있는 마음을 고스란히 드러낸 사례가 아닐 수 없다. 개운사 훼불은 결국 기독교 전체의 파괴 행위나 다름없는 것이다.

B교수는 학교를 상대로 파면처분 무효 확인 소송을 냈다. 1심 법원, 2심 법원 모두 B교수의 손을 들어줬다. 대학이 대법원 항소를 포기하면서 B교수의 최종 승리로 끝났다. 지당한 판결에 당연한 승리였다.

2019년 10월 27일 개운사에서 점안 법회가 열렸다. 개운사의 초대로 B교수도 법회에 참석했다. 2심 판결이 난 지 보름 남짓 지난 시점이었다. B교수는 불교 언론인 BTN 뉴스와의 인터뷰에서 이런 말을 남겼다.

"이웃을 사랑하라는 종교의 가르침을 잊지 않겠습니다."

지금은 틀리고 그때도 틀리다

기독교는 천지만물을 창조한 하나님을 유일신으로 섬기고, 하나님의 아들 예수 그리스도를 구세주로 믿는 종교다. '기독교'의 '기독基督'은 '그리스도'의 음역어로, 곧 그리스도를 믿는 천주교, 정교회, 성공회, 개신교는 모두 기독교다. 본 꼭지에서는 개신교와 기독교를 구분해서 사용하고자 한다.

기독교에서 구원이란 구세주 예수를 통해 천국에 가서 영생하는 것을 의미한다. 고유한 구원관을 가진 기독교는 예수를 하나님의 아들이자 구세주로 믿지 않는 종교에 구원이 있다는 것을 인정하지 않는다. 따라서 기독교 입장에서는 같은 하나님을 섬기지만 예수를 구세주로 믿지 않는 유대교와 이슬람교는 참된 종교가 아니다. 불교는 구원을 말하는 종교가 아니기에 두말할 필요도 없다. 이와 같은 견지는 개신교가 가장 확고부동하다.

천주교에서는 교회 전체에 걸친 중요한 논의 사항이 있을 경우 교황이 바티칸에 주교들을 소집해서 회의를 벌인다. 이를 바티칸 공의회라 부른다. 공의회의 결정은 국적에 상관없이 모든 천주교회가 따라야 할 만큼 권위를 가진다. 그러니까 이승만의 자유당이 "천주교는 교황의 지배를 받는 집단"이라 욕한 것이 허위사실은 아니다.

1963년, 천주교의 획기적인 개혁 시도로 평가받는 제2차 바티칸 공의회가 열렸다(교황 요한 23세가 1961년에 개회했지만, 그의 서거로 1963년 재개회). 전 세계 기독교인의 눈과 귀가 바티칸으로 몰렸다. 교황 바오로 6세는 그들의 눈과 귀를 놀라게 할 만한 결정 사항을 발표했다.

"1054년 동방정교회에 내렸던 파문을 해제합니다. 더불어 1517년 종교개혁으로 갈라섰던 개신교를 형제로 인정합니다."

꼭꼭 닫혀 있던 천주교의 문을 활짝 열겠다는 선언이었다. 사실 정교회, 성공회, 개신교는 모두 천주교와 저마다 갈등을 겪다 갈라져 나온 신생 기독교였다. 천주교는 자신들만이 원조라며 이들 종교를 짝퉁 취급했었다. 개신교에게는 이단 딱지까지 붙였다.

더 파격적인 선언은 따로 있었다.

"본인 탓 없이 하나님을 분명하게 알지 못하는 자가 하나님의 은총으로 선하게 살려고 노력한다면 하나님은 구원에 필요한 도움을 거절하지 않으십니다."

이 선언은 제2차 바티칸 공의회 문헌 〈교회헌장〉 제16항에 해당하는 부분이다. 천주교에서는 선행에 힘쓰는 삶이 하나님의 은총의 힘에서 비롯된다고 본다. 하나님의 은총을 받는 것은 예수를 구세주로 믿음으로써 가능하다. 즉 예수를 믿고 하나님의 은총을 받아야만 구원을 받는다는 것이 천주교의 구원관이다. 이 구원관은 결국 선행의 중요성을 강조하고 있다. 선행은 하나님이 주신 은총을 간직하려는 노력이기 때문이다. 이 점에서, 예수를 믿음으로써 곧 의로워진다는(선해진다는) 개신교의 구원관과 다소 차이를 보인다. 개신교는 천주교가 선행이라는 인간적 노력을 요구한다면서 '행위구원론'이라 비판하기도 한다. 이에 대한 천주교의 입장은 단호하다. 예수 없이 선행만으로 구원받는 것은 결코 아니기에 행위구원론이라는 비판은 부당하다고 항변한다.

〈교회헌장〉 제16항이 개신교에게 파격적으로 다가왔던 점은 "본인 탓 없이 하나님을 알지 못하는 자"가 구원받을 수 있다는 내용이었다. 이 내용은, 비그리스도인이 무지, 시간적 또는 공간적 한계 등으로 인해, 즉 본인 탓이 아닌 사유로 인해 하나님을 알지 못했어도 선행을 통해 구원받을 수 있다는 뜻으로 읽혔다. 타 종교에도 구원의 길이 있다는 종교다원주의로도 해석이 가능했다. 가령, 복음이 차단된 불모의 땅에서 힌두교 신자가 선행을 베풀고 살았다면 구원의 조건으로 충분하다고 볼 수도 있었다. 개신교는 그렇게 읽었고, 해석했다. 천주교는 반박했다. 하나님의 구원 계획은 만인에게 미치고, 구세주 예수는 한 사람도 빠짐없이 구원받기를 바라므로 본인 탓이 없는 착한 비그리스도인에게도 구원의 문이 열릴 일말의 가능성은 있다고 본다는 견해라고 했다. 예수 없이는 구원도 없다는 것은 천주교의 변함없는 교리이므로 종교다원주의는 천주교와 무관하다고 했다.

제2차 바티칸 공의회에서는 바른 생활 규범과 참된 가치를 추구하는 종교는 가톨릭의 교리와 다른 면이 있더라도 진심으로 존중하겠다는 결정도 내렸다. 이 결정 역시 종교다원주의 논란의 빌미가 되었다. 천주교는 타 종교를 존중하겠다는 것은 종교간 화해와 공존의 도모일 뿐 구원관의 변화는 아니라고 해명했다. 천주교가 변화한 점은 선교관이었다. 무작정 복음을 전하는 것이 최고가 아니라 예수의 사랑을 드러내는 삶이 참된 선교라는 마음을 먹게 된 것이다.

천주교와 개신교는 아직도 구원관을 두고 옥신각신하고 있다. 〈첫 번째 고양이와 만난 쥐의 변명〉에서 언급한 마리아도 이 싸움에 휘말려 있다. 개신교는 천주교가 마리아에게 기도를 올리며, 마리아를 구세주로 섬기며 우상 숭배를 한다고 주장한다. 천주교는 오해라고 손사래 친다. 마리아에게 직접 기도하는 것이 아니라 하나님에게 '나'의 기도를 전해 달라 비는 것뿐이다, 구세주가 아닌 성모聖母로서 공경하는 것뿐이다, 그러므로 우상 숭배가 아니다,라며.

개신교인인 나는 어느 쪽 편도 들어주기 어렵다. 소모적인 공방이라는 생각만 든다. 다만 개신교가 먼저 시비를 건다고 보인다. 2014년 프란치스코 교황 방한 때도 그랬다. 그래서 이제 그만 시비걸기를 멈추라고 조심스레 권한다.

예수께서 이르시되 내가 곧 길이요 진리요 생명이니 나로 말미암지
않고는 아버지께로 올 자가 없느니라
　　　　　　　　　　　　　　　　　　- 요한복음 14장 6절. 개역개정판

오직 예수만이 구원의 길이라는 것을 천명한 말씀이다. 천주교도, 개신교도 이 말씀을 간직하고 지켜가고 있다. 그러면 된 것 아닌가.

구원관의 갈등을 씻어내지 않는 한 천주교와 개신교는 영원히 서먹한 사이로 지낼 수밖에 없을 것이다. 이는 사회적 손실이기도 하다. 종교의 화합은 역기능보다 순기능이 더 크다고 판단되기 때문이다. 천주교와 개신교, 그리고 불교까지 포함해 우리나라 3대 종교가 힘을 모았을 때 선한 영향력을 끼친 사례가 간혹 있었다. 2013년 6월 쌍용자동차 해고자 복직을 위한 3대 종교의 기자회견이 바로 그런 사례다. 동성애 퀴어 축제 반대 국민대회도, 비록 나는 비판자의 입장이지만, 지지자들 입장에서는 긍정적인 본보기다. 여하튼 우리나라가 '헬조선'에서 '헤븐조선'으로 탈바꿈하는 데에 종교 간 화합이 분명 기여하는 바가 있을 것이다. 뭉치면 살고 흩어지면 죽는다고도 하지 않는가. 우리나라 거대 종교들이 이 점을 깊이 고민하기를 감히 당부한다. 특히 개신교에게.

장로 대통령인 이명박 정부 시절 이슬람교와 얽힌, 블랙코미디 뺨치는 일화가 하나 있다. 이슬람채권법에 관한 이야기다.

2011년 이명박 정부는 '이슬람채권법'을 추진했다. 일반적으로 채권자는 채무자에게 이자를 받는다. 그런데 이슬람채권의 채권자는 이자를 금지하는 이슬람율법에 따라 채무자에게 원리금이 아닌 사용료를 받는다. 이명박 정부는 이슬람채권으로 이슬람 자본을 유치하면 금융 시장을 확대할 수 있으리라는 판단을 내린다. 그 판단에 따라 이슬람채권법 법안의 입법화를 시도한다. 경제 활성화를 위한 이 시도에 개신교가 반대하고 나섰다. 반대 이유는 경제적 해석에 근거한 것이 아니었다. 이슬람채권법이 만들어지면 단순히 이슬람 자금만 한국에 들어오는 것이 아니라, 이슬람 포교가 수반된다는 종교적 이유였다.

2011년 2월 25일 오마이뉴스의 기사 〈조용기 목사 "이슬람채권법 추진하면 MB 퇴진운동"〉에 따르면, 조용기 목사는 이명박 대통령에게 전화를 걸어 이슬람채권법이 통과되면 절대 안 된다고 주장했다고 한다. 해당 기사는 연세대 100주년 기념관에서 열린 한국교회협의회NCCK 신임 회장의 취임 감사 예배를 취재한 것인데, 조용기 목사는 축사 중 이런 발언도 했다.

"내가 이명박 대통령이 당선되도록 얼마나 노력했는데, (중략) 정부가 이슬람 지하자금을 받기 위해 이슬람을 지지하는 일이 생기면 이 대통령, 현 정부와 목숨 걸고 싸울 겁니다."

한편 길자연 목수 등 보수 개신교 지도자들은 법안 입법화에 찬성한 일부 의원들을 향해 낙선 운동도 불사하겠다는 강력 발언을 쏟아내기도 했다. 또한 이태희 성복교회 목사는 한나라당 기독인회 조찬 기도회에서 한나라당 의원들이 이슬람채권법 법안의 국회 통과를 막아주면 하나님 앞에 당당하게 설 수 있을 것이라는 낯 뜨거운 설교까지 했다.

결국 보수 개신교의 반대가 지대한 영향을 미쳐 법안 통과는 무산되었다. 이는 한국에서 보수 개신교의 힘이 얼마나 막강한지를 증명한 상징적인 사건이었다. 법안까지 쥐락펴락하는 교회의 힘에 많은 사람들이 맥이 풀렸다. 나 역시 그중 한 사람이다. 얼핏 섬뜩하기까지 했다. 실제로 이슬람교가 대한민국 땅에 발붙이려 한다면 개신교는 피를 보는 일도 불사할지 모르겠다는 생각이 들었다.

이슬람채권이 들어오면 정말 그 순간부터 이슬람교의 포교가 시작되는 것일까. 지식이 짧고 혜안도 없어 나는 딱히 할 말이 없다. 다만 경제인 출신 이명박 대통령이 그 정도 판단은 현명하게 내리고 이슬람채권 도입을 시도했으리라 짐작할 따름이다.

우리나라에 이슬람교의 씨앗이 뿌려진 계기는 한국전쟁이다. 유엔군 소속으로 참전한 터키군 이맘(이슬람교 지도자) 압둘가푸르 카라 이스마일 오울루가 선교 활동을 벌이며 이슬람교가 알려졌다. 터키군은 전쟁 통에 앙카라라는 고아원을 세워 고아들을 돌보기도 했는데, 이런 자애로움에 감동받은 한국인 김유도, 김진규가 이슬람교에 입교하며 무슬림(이슬람교도. 무함마드가 전한 알라의 계시를 믿는 자라는 뜻)이 되었다. 두 사람은 1955년 '한국이슬람협회'를 결성하면서 본격적인 이슬람 선교의 돛을 올렸다. 이들이 주축이 된 1세대 무슬림의 적극적인 선교로 이듬해에는 이슬람 입교자가 208명에 이르기도 했다. 1964년에는 신도 수 3,700명을 기록했다.

1960년대 말에 접어들며 석윳값이 폭등하고 중동 건설 붐이 일어나는 등 이슬람권 국가들과 교류해야 할 일들이 많아졌다. 우호증진의 필요성을 느낀 박정희 정부는 서울 이태원에 이슬람 중앙성원 본부 건축을 위한 부지를 공짜로 제공했다. 1976년에 완공된 서울중앙

성원이 그것이다. 실제로 본부 건축은 중동과의 관계 개선에 도움을 주었고, 이에 탄력을 받아 이슬람교인의 수도 꾸준히 늘어났다. 1964 년 3,700명이었던 한국인 신도 수는 1970년대에 두 배로 뛰었다. 그러나 결과적으로는 크게 성장하지 못했다. 특별한 탄압은 없었으나 개신교 국가인 미국이 한국의 우방이라는 점이 적잖은 영향을 미쳤을 것이라고 한다. 또한 개신교, 불교, 천주교라는 3대 종교의 벽이 워낙 높았던 탓도 있다.

2020년 현재 우리나라에는 이슬람 성원 15곳, 예배소 60여 곳이 있다고 한다. 2014년 기준 한국 내 무슬림은 20만여 명으로 알려져 있는데, 대부분 외국인이고 한국인 무슬림은 4만 명 남짓이라고 한다.

이슬람교에 대한 이미지는 썩 좋은 편은 아니다. 무시무시한 테러가 나쁜 이미지를 쌓는 데 큰 기여를 했다. 실제로 2001년 알카에다의 뉴욕 911 테러, 2014년 탈레반의 파키스탄 학교 테러, 2015년 IS의 파리 테러 등 끔찍한 테러로 전 세계를 움찔하게 만든 적이 많았다. 그런데 이들 테러는 소수 이슬람 근본주의자들의 소행이다. 근본주의자들은 이슬람의 교리를 편협하고 극단적으로 해석한다. 알라를 지키거나 전파하기 위해 행하는 '성전聖戰'인 지하드를 그들은 살생의 명분으로 내세운다. 근본주의자들 외에 대다수 무슬림은 호전성과 거리가 멀다. '이슬람'은 '평화'와 '복종'을 의미하며, 이슬람교는 유일신 알라(하느님)의 뜻에 복종해 마음의 평화를 얻는 종교다.

이명박 정부 시절 이슬람채권법을 반대했던 목사들은 혹시 이슬람교의 호전성을 걱정했던 것은 아닐까. 이슬람교가 한국의 4대 종교로 자리매김하고, 나아가 개신교와 순위 다툼을 벌이다 온 교회를 삽시간에 불바다로 만드는 상상, 그것이 이루어질까 두려워 게거품을 물며 반대했는지도 모르겠다. 어쩌면 본인들이 지하드의 희생양이 될까 봐 지레 겁먹었을 수도 있다.

개신교와 이슬람교는 같은 신을 믿지만 정말 친해지기 힘든 사이다. 이슬람교에서는 예수를 구세주로 인정하지 않는 것이 요지부동의 교리이기 때문이다.

코란 19장 35절에서는 똑똑히 말하고 있다.

알라께서 자손을 갖는다는 일은 있을 수 없다.

- 〈코란-한글판 완역본〉 명문당, 김용선, 2002

알라는 자손을 갖지 않기 때문에 당연히 예수는 알라의 아들일 리 없다. 이슬람교에서 예수는 25명 예언자 가운데 한 명으로, 24번째 예언자에 해당한다. 마지막 25번째, 즉 최후의 예언자는 무함마드다.

사정이 이러하므로 한국 개신교는 일단 이슬람교를 인정하고 들어가는 것이 어떨까 싶다. 대화하고, 이해하고, 공존하려 노력하는 것이 나을 듯하다. 그리고 온 힘을 다해 기도하는 것이다. 무슬림이 예수를 하나님의 아들이자 구세주로 믿게 해달라고 말이다. 누가 알겠는가. 성령의 감화를 받은 무슬림이 코란에서 19장 35절을 스스로 지우는 기적이 생길지. 전능하신 하나님 사전에 불가능이란 없다.

공공의 적을 두려워 말라

'누구지?'

반짝 눈이 뜨인 나는 이 생각이 제일 먼저 들었다. 모르는 아주머니였다. 왜 팔을 툭 쳐서 꿀잠에 빠진 날 깨웠는지 이해할 수 없었다. 아주머니는 아기띠를 앞으로 매고 있었는데, 손바닥만 한 아기가 아기띠에 의지해 자고 있었다.

'나이는 나와 비슷해 보이는데, 혹시 아기 때문에 구걸을 하려는 건가?'

39년을 살면서 처음 겪는 일이었다. 버스에서 앞자리에 앉아 있던 낯선 사람이 잠을 깨운 것은. 멍해 있는 내게 아주머니는 아무 말 없이 전도지 한 장을 쓱 내밀었다. 어처구니없었다.

'전도하려고 자는 사람을 깨운 거야? 황당하네.'

너무한다 싶었지만 나도 기독교인인지라 순순히 전도지를 건네받았다. 아주머니의 전도를 향한 열정을 다치게 하고 싶지 않았다. 전도지가 내 손에 안착하자 아주머니는 역시 입도 벙긋 안 한 채 앞을 향해 돌아앉았다. 침묵으로 시작해서 침묵으로 끝나는 전도, 어쩐지 괜찮은 방식으로 느껴졌다. 전도지를 받는 사람은 대개 귀찮아하기 마련인데, 그냥 휙 주고 쓱 빠지면 오히려 받는 사람은 마음이 편할 것도 같았다.

그런데 전도지를 가방에 넣으려다 흠칫 놀랐다. 전도지에 적힌 글자 '파수대', 아주머니는 여호와의 증인 신도였던 것이다. 〈파수대〉는 여호와의 증인의 전도지다.

'정말 열심히 전도하네.'

감탄과 함께 풋, 헛웃음이 나왔다. 이어서 안쓰러움도 잔잔히 밀려왔다. 아주머니 품 안의 아기 때문이었다.

여호와의 증인은 기독교가 이단으로 규정한 종교다. 1872년 미국에서 탄생한 여호와의 증인은 기독교의 새 종파로, 1912년 우리나라에 처음 상륙했다. 여호와의 증인은 예수를 하나님과 동등하게 보지 않으며, 지옥, 영혼불멸을 믿지 않는다. 또한 14만4천 명만 구원받는다는 구원관을 갖고 있다. 이와 같은 교리로 인해 이단 판정을 받았다. 성경은 하나님과 예수를 동등하게 보며, 지옥, 영혼불멸을 말한다. 구원받을 사람의 숫자를 제한한다고 말하지 않는다.

여호와의 증인은 진짜 열심히 전도한다. 요즘 기독교에서는 거의 하지 않는 가가호호 방문 전도도 끈질기게 하고 있다. 그들이 이토록 전도에 매달리는 이유는 14만4천 명 안에 들기 위해서다. 신도 수가 14만4천 명이 넘지 않았을 때는 구원자 리스트에 오르는 게 식은 죽

먹기였는데, 훌쩍 초과해버리면서 경쟁에 던져진 것이다. 전도를 많이 해서 알짜 신도가 된 사람만이 쭉정이 신도를 밀어내고 커트라인 안에 들어갈 수 있는 상황이 된 것이다. 전도는 기독교인의 가장 중요한 사명이며, 이는 여호와의 증인 신도에게도 해당된다.

나는 아기가 엄마를 따라 여호와의 증인 신도가 될까 봐 안타까웠다. 이단에 빠지는 일은 엄마 선에서 끝나야 할 텐데, 대물림된다면 정말 가슴 아플 것 같았다. 더구나 엄마와 아기는 교리에 따라 서로 경쟁하는 처지에 놓일 수도 있었다. 둘 다 14만4천 명 안에 든다는 보장은 없을 테니 말이다.

여호와의 증인의 구원관을 스스럼없이 베낀 이단 종교가 또 하나 있다. 신천지 예수교 증거장막성전, 바로 '신천지'다. 교주 이만희가 1984년 3월 14일 창시한 신천지는 기독교의 이단이다. 화이트데이에 만들어서인지는 모르겠지만 신도들은 예배 때 흰색 상의를 입는다. 이만희는 본인을 믿어야만 구원받는다고 하는데, 이것부터가 이단이다. 교주를 구세주 혹은 신과 동일시하는 것은 이단, 사이비의 가장 두드러진 특징이다.

여호와의 증인 신도들처럼, 신천지 신도들도 14만4천 명에 속하기 위해 목숨 걸고 전도한다. 그들의 신도 수 역시 14만4천 명을 가뿐하게 넘은 지 오래다. 다만 여호와의 증인과 달리 신분을 숨기고 비밀리에 전도한다. 신천지는 이것을 선의의 거짓말쯤으로 여긴다고 한다. 사실 사람을 꾀는 데는 거짓말이 참말보다 더 효과적일 때가 많다. 이를 아는 신천지의 전도 전략은 영리하다.

기독교의 이단이 정확히 몇 개인지는 파악하기 어렵다고 한다. 한국기독교이단상담소 협회에서 공지한 '교단결의' 내용만 보아도 이단이 100개가 넘는다. 은밀하게 활동하는 집단도 많아서 이단인지 가려내는 작업도 만만치가 않다고 한다. 아무튼 그 많은 이단들 가운데 여호와의 증인과 신천지는 기독교를 위협하는 존재로 두각을 나타냈다. 특히 신천지는 코로나 사태를 통해 온 국민에게 위해를 가하는 존재로 부각되기도 했다.

지금까지 나는 네 교회를 섬겼다. 이사, 지방에서의 학업 등이 교회를 옮긴 이유였다. 한 가지 특별한 이유가 더 있는데, 지금의 아내를 전도하기 위해 아내의 친정과 가까운 교회를 4년 정도 다닌 적이 있다. 네 교회 모두에서 이단에 대해 배웠다. 가장 중점적으로 다룬 이단은 여호와의 증인과 신천지였다.

둘 중에서 더 비중을 둔 것은 신천지였다. 그런데 목회자들은 한결같이 똑같이 가르쳤다. 신천지와 맞서지 말고 피하라고 했다. 자꾸 접촉하다 보면 자신도 모르는 사이 빠져들 수 있다고 경고했다. 결국 공포의 대상과 싸워 이기려 하기보다는 도망가라는 가르침이었다. 이따금 신천지에 빠졌다가 살아 돌아와 간증을 하는 이들도 같은 맥락으로 이야기했다.

나는 겁에 질린 교회의 모습이 좀 찌질하게 보였다. 믿음이 부족해 보인다는 생각마저 들었다. 쫄보처럼 쫄아 있느니 온 교인이 달려가 신천지 교회를 둘러싸고 땅밟기 기도라도 하는 게 낫지 않겠나 생각했다. 땅밟기 기도를 반대하는 입장이지만 신천지를 대상으로라면 얼마든지 할 용의가 있었다. 용기도 있었다. 신천지는 종교가 아니기 때문이다. 사람을, 사람의 영혼을 망가뜨리는 종교이기 때문이다. 도리어 신천지가 땅밟기 기도로 기독교를 뒤집어놓은 적이 있었다. 2016년 12월 굴지의 대형교회인 명성교회를 에워싸고 땅밟기 기도를 한 그들은 기독교에게 톡톡히 치욕을 안겼다.

나는 신천지를 대상으로 땅밟기 기도를 한다면 그들이 망하기를 기도하지 않을 것이다. 그들이 예수를 구세주로 받아들이고 하나님 앞에 돌아오기를 기도할 것이다. 그것이 참그리스도인의 마음이고, 예수 사랑의 실천이라 믿는다. 실제로 나는 나의 처소에서 그렇게 기도하고 있다. 그들이 망하기를 기도한다면 기독교나 신천지나 다를 게 없다. 명성교회가 땅밟기 기도를 '당한' 것은 인과응보였다. 성경 말씀처럼 뿌린 대로 거둔 결과였다.

'추수꾼'이라 불리는 신천지 전도대는 기성 교회에 몰래 잠입해 교인 행세를 하며 기존 교인을 포섭하기도 한다. 교회나 목회자에게 불만이 많은 교인, 교회 내 인간관계가 원만하지 않은 교인이 주로 목표물이 된다. 나는 우리 교회에 큰 불만은 없고, 원래 은둔형 외톨이의 삶을 즐긴다. 하지만 기독교에는 불만이 많은 문제아다. 따라서 신천지에게는 군침 도는 먹잇감일 수도 있다. 혹시 이 글을 보는 신천지 신도가 있다면 나에게 와도 좋다. 나는 그의 손을 잡고 기도할 것이다. 그의 회복과 구원을 위해.

아직까지 신천지 신도와는 대면해 본 적 없지만, 여호와의 증인 신도와는 종종 만났다. 한번은 동네 공원에서 한 아주머니가 파수대를 건네 주길래 내가 그랬다.

"아주머니, 여호와의 증인은 잘못된 거예요. 그냥 우리 교회 나오세요."

그러자 아주머니 얼굴에 어이없다는 미소가 번졌다. 아주머니는 일언반구 대꾸도 없이 벌레 쫓듯 휘휘 손짓을 했다. 나는 씩 한번 웃어주고는 그 자리를 떠났다. 나중에 교회 모임에서 이 일화를 풀어놓았더니 다들 깜짝 놀랐다. 교회 어른인 권사님은 이런 충고를 들려주었다.

"여호와의 증인은 논리로 못 이겨. 피하는 게 상책이야."

권사님의 말에 모두 동의하는 분위기였다. 나는 그냥 미소와 함께 고개만 끄덕였다. 권사님 말에 동의해서가 아니라 화제를 더 이끌어 갈 필요가 없을 것 같아서 그랬다.

중요한 것은 논리가 아니다. 믿음이다. 믿음으로 이길 수 있다. 이단을 패망시키는 것만이 승리는 아니다. 그들을 그리스도인으로 만드는 것이 진짜 승리다.

코로나 사태에서 기독교는 신천지에 대한 공포심을 여실히 보여주었다. 2020년 2월 중순, 코로나가 주춤해질 무렵, 종식에 대한 기대가 살며시 고개를 들 무렵 신천지로 인해 급작스럽게 코로나가 폭발했다. 그러자 2월 19일과 20일 사이 천주교는 미사를, 불교는 법회를 중단하기로 결정했다. 당장 2월 23일 주일을 앞둔 기독교는 어정쩡한 태도를 보였다. 천주교와 불교처럼 중앙집권적 기관이 없는 조직의 한계였다. 기독교는 각 교회의 결정에 맡길 수밖에 없었다. 교회들은 소신껏 결정을 내렸다. 예배를 중단하겠다는 교회가 제법 나왔지만, 상당수 교회는 예배를 고수하는 쪽으로 방향을 정했다. 내가 몸담은 교회는 후자 쪽이었다. 우선 2월 23일 예배는 드리고, 이후 상황을 판단해 지속 여부를 결정하기로 했다.

그런데 신천지 신도들이 2월 23일 기성 교회들의 예배에 몰래 참석할 계획이라는 소문이 퍼졌다. 교회들에 초비상이 걸렸다. 저마다 신천지 신도의 교회 입장을 막는 자구책을 허둥지둥 강구했다. 그래봐야 얼굴 확인, 등록 교인 명부 확인 외에 별 뾰족한 수는 없었다. 이미 등록 교인으로 신분을 숨긴 채 활동하고 있는 신천지 신도를 찾아내는 일은 불가능에 가까웠다. 평신도들은 이 점을 가장 염려했다.

드디어 2월 23일 주일, 우리 교회 예배 참석자 수는 반토막의 반토막이 났다. 교회에서 이 현상을 어떻게 분석했는지는 모르겠다. 내가 보기에 원인은 뻔했다. 코로나보다는 신천지에 대한 공포였다. 교회에 침투하는 신천지 신도에게 코로나 바이러스가 옮을까 봐 두려웠던 것이다.

2월 23일 주일 이후 감염자가 성큼성큼 늘어나면서 3월 1일 주일부터 예배 중단에 참여하는 교회도 부쩍 증가했다. 4천여 명 교인이 적을 둔 우리 교회도 3월 1일부터 온라인 예배로 대체했다. 그러나 여전히 일부 교회가 예배를 강행했다. 그러면서 신천지 신도 유입을 차단하는 노력도 계속했다. 내 눈에는 그 모습이 짠하면서도 우스꽝

스러웠다.

'신천지가 옮기는 코로나는 무섭고, 교인들끼리 옮기는 코로나는 안 무서운가?'

정부가 '사회적 거리 두기'를 권고한 이유는 본인이 본인도 모르는 사이 감염되고, 전파하는 일을 막기 위해서다. 신천지를 통한 감염과 전파만을 막기 위해서가 아니다. 교회도 이를 모를 리 없을 텐데, 신천지를 막으려고 호들갑을 떨면서 예배당 예배를 고집하는 모습에 정말 쓴웃음만 나왔다.

코로나의 불길이 좀처럼 잡히지 않자 정부는 교회에 예배 중단을 간절히 호소했다. 그러자 교회는 예배당 예배가 핍박에 맞서 믿음을 지키는 일인 양 떠들어댔다. 그런 교회를, 기독교를 바라보는 국민의 시선은 싸늘해졌다. 하나둘 교회 집단 감염 사례가 터져나오면서 싸늘하다 못해 사나워졌다.

- 신천지나 교회나 똑같다
- 자기 믿음만 중요하고 국민의 생명은 안 중요하냐?

나의 가슴에 깊숙이 꽂힌 인터넷 댓글들이다. 이에 비하면 교회가 헌금 때문에 예배를 포기 못한다는 댓글은 소소한 투정에 불과했다. 이 댓글들은 나에게는 정말 아픈 칼이었다.

국민의 바람은 단지 코로나가 진정될 때까지만 예배를 멈추는 것뿐이다. '나'의 발 닿는 곳이 곧 예배소임을 잘 아는 교회가 국민을 위해 그 정도 양보도 안 한다면 예수 사랑을 논할 자격이 없다. 대관절 어떤 행동이 예수 사랑을 실천하는 행동인지 묻지 않을 수가 없다. 적어도 코로나 사태로 인해 교회가 욕먹는 것은 순전히 교회 책임이다.

코로나 사태가 이어지는 동안 한교총이 보여준 행동은 기독교의 민낯을 여과 없이 드러냈다. 한교총은 중도 또는 보수 성향의 기독교 단체로, 우리 교회가 속한 대한예수교장로회 통합 교단도 여기 속해 있다. 한기총에 비하면 그래도 신사적이고 점잖은 단체다. 그래서 개인적으로는 더 안타깝다.

3월 7일 국회는 코로나19 확산 방지 위한 종교집회 자제촉구 결의안을 가결시켰다. 그러자 한교총은 "일부 교회의 예배가 국민 불안을 야기하는 주된 원인인 것처럼 오해를 낳는 결의안을 채택한 국회에 심히 유감"이라 비판했다.

3월 12일 한교총은 긴급 상임회장단 회의를 개최했다. 이 자리에는 박양우 문화체육부 장관이 참석해 교회의 이야기를 들었다. 상임회장단은 박양우 장관을 향해 정부가 예배 중단을 강압하는 것은 정치적 행위이며 교회 핍박이라는 취지의 발언을 쏟아냈다.

3월 20일 한교총 공동대표회장 김태영 목사는 CBS 라디오 〈김현정의 뉴스쇼〉에 출연해 다음과 같이 말했다.

"교회들이 '우리는 6·25 때도 예배드렸다'는 식으로, 지금 이웃을 무시하고 예배를 드리면 이후 교회는 고립무원이 된다고 봅니다."

3월 20일은 몇몇 교회에서 집단 감염 사고가 터진 이후의 시기였다. 결국 한교총은 국민 앞에 꼬리를 내린 것이다. 예배 중단을 놓고 정부와, 국민과 팽팽한 줄다리기를 벌이다가 슬그머니 줄을 내려놓은 꼴이 아닐 수 없다. 국민은 안 지키고 믿음만 지키려다 외톨이 신세가 되기는 싫었던 것이다.

많은 사람들이 예배당 예배를 강행하는 교회의 태도를 이해하지 못한다. 그들에게 뉴스앤조이의 2020년 3월 27일 자 기사 〈현장 예배 하는 교회들은 무슨 생각일까〉가 도움이 될 듯싶다. 뉴스앤조이의 취재에 응한 목사들의 답변은 크게 두 가지로 요약된다. "주일 성수"를 위해서 그리고 "종교 탄압에 저항"하기 위해서다. '헌금 때문에'라는 답변은 없었다. 진짜 그렇다고 해도 곧이곧대로 말할 목사가 있을까 싶지만.

예배당 예배만이 '주일 성수'라는 생각은 정말 편협하고 고지식한 생각이다. "두세 사람이 내 이름으로 모인 곳에는 나도 그들 중에 있느니라(마태복음 18장 20절)"는 예수의 말씀처럼, 성도가 모인 곳은 어디든 교회다. 눈에 보이는 교회 건물이 없어도 성도가 모인 그 자리가 곧 교회이고 예배당이다. 예배당 예배를 고집하는 목사는 성경을 문자 그대로만 해석하는 목사라고 감히 말한다. 그렇다면 마태복음 18장 20절도 '문자 그대로' 해석해야 한다. 가족 '두세 사람이' 모여 예배하는 가정도 분명 교회다.

뉴스앤조이 기사에서는 종교 탄압에 대한 저항으로 예배당 예배를 진행하는 교회가 일부라고 했다. 실제로 예배당 예배를 저항 수단으로 삼은 교회는 일부지만, 저항감은 대다수 교회의 저변에 깔려 있다고 본다. 상기한 한교총도 저항감을 버젓이 내비쳤다. 3월 21일 국무총리가 집단 감염 위험이 높은 종교시설, 실내 체육시설, 유흥시설에 대해 보름간 운영을 중단할 것을 권고하며 시설 폐쇄와 구상권 청구 이야기를 꺼냈을 때 한교총은 이를 독재적 방식이라 비판했다. 국무총리에게 사과까지 요구했다. 또 다른 보수 기독교 단체인 한국교회연합(한교연)도 "한국 교회에 대한 억압과 위협을 당장 중단하라"는 성명을 냈다. 평소 정치적 발언을 자제하는 우리 교회 목사님마저 3월 29일 예배(온라인으로 진행) 설교에서 "정부는 정치하지 말고 방역해야 된다"는 발언을 했다. 이와 같은 일련의 반응을 분석해볼 때 정치를 하는 건 오히려 기독교 쪽이 아닌가 싶다. 어쩐지 익숙한 모습이다. 대대로 진보 정권과 각을 세워온 기독교의 민낯이다.

기독교는 정말 철저하게 자기중심적이다. 국민의 생명을 지키려는 정부의 조치를 탄압으로 받아들이는 행위는 소가 웃을 일이다. 일단 정부가 일컫는 종교시설이 기독교 시설만을 의미하지는 않는다. 그런데 정부 권고를 어긴 종교는 기독교뿐이다. 일부 교회일 뿐이라는 주장은 자기애에 빠진 미성숙한 존재의 볼멘소리일 따름이다. 정부는 국무총리가 대국민 담화에서 지목한 실내 체육시설과 유흥시설, 나아가 사설 학원도 관리감독하고 있다. 이들은 공무원이 찾아가 감시를 해도 탄압이란 단어를 입에 올리지 않는다. 그 뜻을 몰라서 묵묵히 따르는 것은 아닐 것이다.

코로나로 인해 세상 많은 것이 멈췄다. 여행지가 폐쇄되고, 학교는 문을 닫고, 스포츠는 시즌을 종료하거나 개막을 미뤘다. 아랍 예맨 땅에서는 내전의 총성이 멎었다. 코로나가 전쟁까지 막은 것이다.

일상 또한 헝클어졌다. 그러자 많은 사람들이 실의에 빠졌지만 도리어 숨 고르기에 들어가며 일상을 되돌아보았다. 코로나를 반성과 성찰의 기회로 삼은 것이다. 그런데 교회는 그러지 못한 느낌이다. 현장 예배를 고집하다가, 국가와 국민과 기싸움을 벌이다가 스스로를 새겨볼 기회를 놓쳐버린 듯하다. 참으로 애석하다. 사람의 발길이 끊긴 곳에 동물과 식물이 번성한다는 소식에 애석함이 진해진다. 몹쓸 코로나에는 감사하게도 '자연'을 회복시키는 힘이 있었다. 기독교도 이번에 '자연'을 되찾을 수 있었다. 그 '자연'이 무엇인지 참된 기독교인이라면 알 것이다.

신천지가 코로나 사태의 주범으로 판명된 이후 나는 줄곧 신나는 상상에 빠져 지냈다. 교주 이만희가 감옥에 가고 신천지가 와해되는 모습을 그리며 혼자 키득거렸다. 즐거운 상상은 이내 아름다운 상상으로 변했다. 꿈으로 변했다. 갈 곳을 잃고, 목자를 잃고 교회로 걸어 들어오는 신천지 신도들, 돌아온 탕자를 반겨준 아버지처럼 신천지 신도를 따스하게 품어주는 교회, 그리고 예수 안에서 하나 되는 우리……

글을 쓰고 있는 지금 3월이 저물어가고 있다. 나의 꿈도 나란히 지고 있는 것만 같다. 어쩐지 이제는 신천지보다 기독교가 더 욕을 먹는 분위기다. 그래서 꿈이 물거품이 되는 느낌이 드는 모양이다.

행복한 꿈이었는데, 너무 짧았다.

개신교와 천주교는 어떤 점이 다를까?

개신교와 천주교는 같은 신을 믿고 예수를 구세주로 여긴다는 것 빼고 정말 많은 것이 다르다. 일단 신의 호칭부터 다르다. 천주교는 하느님, 개신교는 하나님이라 부른다. 어원을 따지자면 복잡한데, 하느님은 '하늘의 님', 하나님은 '유일신'의 의미로 받아들이면 무리가 없다. 십자가도 다르다. 개신교의 십자가와 달리 천주교의 십자가에는 예수님의 성체가 달려 있다. 신에게 드리는 제사를 개신교에서는 '예배', 천주교에서는 '미사'라 부른다. '미사Missa'는 예수의 최후의 만찬을 기념하여 행하는 제사 의식을 뜻하는 라틴어다. 한자를 빌려 '彌撒'라 표기하기도 한다. 천주교 신부는 독신으로 살아야 하지만, 개신교 목사는 결혼을 할 수 있다. 성공회 신부, 정교회 신부 모두 결혼이 허락되지만 오직 천주교 신부만 혼인을 금한다. 11세기부터 교회법으로 정했다고 한다.

개신교의 성경은 창세기부터 요한계시록까지 총 66권으로 이루어져 있다. 그런데 천주교의 성경은 이보다 7권 더 많은 73권이다. 토빗기, 유딧기, 마카베오기 상·하권 등의 외경이 구약에 포함되기 때문이다. 외경은 성경의 선정 과정에서 본편에 수록되지 못한 문서를 뜻한다. 개신교는 종교개혁의 선구자 루터가 1534년 히브리어 판본의 성경으로 구약성경을 출판하면서 외경을 제외했다.

가장 판이하게 다른 점은 아마도 마리아에 대한 관점이 아닐까 싶다. 개신교에서는 마리아가 이 땅에서 죽어 육신은 흙으로 돌아갔다고 생각한다. 그런데 천주교에서는 예수님이 죽은 육체까지 천국으로 데려갔다고 믿는다. 이른바 '성모승천설'이다. 승천의 여부로 인해 마리아의 위상은 두 종교에서 물과 불처럼 달라진다. 개신교에서는 예수의 육신의 어머니로서 존경하는 것에 그치지만, 천주교에서는 '신처럼' 떠받든다. 말 그대로 '신처럼'일 뿐, 신으로 떠받드는 것은 아니다. 개신교는 이를 오해하고 천주교가 마리아를 숭배하는 종교라고 공격하기도 한다. 그러나 이는 틀린 생각이다. 물론 오해의 소지는 충분하다. 성경에 마리아 승천에 관한 이야기는 찾아볼 수 없기 때문이다.

이처럼 다른 점이 많지만 둘은 친하게 지낼 의무가 있다. 복음을 전해야 할 공동 사명을 띠고 있기 때문이다. 둘이 사이좋게 지내는 것이 사명을 완수하는 데 도움이 될 것이다. 같은 예수쟁이들끼리도 화합하지 못하면서 어떻게 불신자를 끌어안겠는가. 어불성설이다.